感动一生

的 义勇故事

胡罡 主编

黄河出版传媒集团
阳光出版社

图书在版编目（CIP）数据

感动一生的义勇故事 / 胡罡主编 .—— 银川：阳光
出版社 , 2016.8
（校园故事会）
ISBN 978-7-5525-2826-8

Ⅰ . ①感… Ⅱ . ①胡… Ⅲ . ①故事 – 作品集 – 中国
Ⅳ . ① I247.81

中国版本图书馆 CIP 数据核字 (2016) 第 190136 号

校园故事会 感动一生的义勇故事　　　　　　　胡罡　主编

责任编辑　刘涛
封面设计　华文书海
责任印制　岳建宁

黄河出版传媒集团　阳光出版社　出版发行

出 版 人　王杨宝
地　　址　宁夏银川市北京东路139号出版大厦（750001）
网　　址　http://www.yrpubm.com
网上书店　http://www.hh-book.com
电子信箱　yangguang@yrpubm.com
邮购电话　0951-5047283
经　　销　全国新华书店
印刷装订　三河市京兰印务有限公司
印刷委托书号　（宁）0002086

开　　本　710mm×1000mm　1/16
印　　张　7.5
字　　数　90千字
版　　次　2016年9月第1版
印　　次　2016年9月第1次印刷
书　　号　ISBN 978-7-5525-2826-8/I·787
定　　价　15.80元

前　言

我们在故事的摇篮里长大，故事就像一个最最忠实的好朋友，时时刻刻陪伴在我们身边。它把勇敢和智慧传递给我们，也把快乐、爱与美注入我们的心田。

《校园故事会》系列所选用的故事内容丰富、主人公形象生动活泼，而其寓意也非常深刻，会让你在愉快的阅读中了解到什么是美，什么是丑，什么是善，什么是恶，什么是直，什么是曲。我们相信，这些故事一定会使广大学生受益匪浅。真诚地希望本系列丛书能成为家长教育孩子的好助手，学生成长的好伙伴！

本系列丛书内容包括亲情、哲理、处世、智慧等故事，会使你在阅读中收获真知与感动，在品味中得到启迪与智慧。可以说，它们是父母送给孩子的心灵鸡汤，自己送给自己的最好礼物，同学送给同学的智慧锦囊，老师送给学生的精神读本。

总而言之，这是一套值得您精读，值得您收藏，更值得您向他人推荐的好书。因为课本上的道理是一条条教给您的，而这套书中的"故事"所蕴含的大道理、大智慧是要您自己揣摩的。

本系列图书在编写过程中不免会有瑕疵，望广大读者批评指正，我们会虚心改正。

编　者

目　录

烈火中的英雄

　　"大王"是美国华盛顿州农场主霍德华收养的一只猎犬。5年前，霍德华一家发现了头部受了枪伤流落在街头的"大王"，他们治愈"大王"并收养了它。今天"大王"显得格外精神，因为它要在农场主霍德华妻子芙恩和女儿珍妮的陪同下，乘飞机赴佛罗里达州接受"全年英雄奖"，奖品是一只镀金项圈、皮带和1000美元的有价证券。

　　"大王"是凭着什么样的英雄事迹赢得评委的认可，获此殊荣的呢？事情经过是这样的。

　　在圣诞节之夜，农场主家厨房里的微波烤箱出了故障，引起厨房失火，火舌很快窜上了房顶，但霍德华一家此时正沉浸在睡梦中。在屋外守夜"放哨"的"大王"发现火情后，立即边猛吠、边使劲咬穿关着的厨房木门。然后"大王"闯进珍妮的卧室，用爪子掀开珍妮盖的毯子，牵扯她的睡衣。珍妮还以为"大王"来和她捣蛋呢，没好气地推搡着它。"大王"看小主人丝毫没有意识到危险的临近，只得使劲衔着珍妮的衣领，硬把她拖下床来。

　　这时，大火已烧到了房门口。珍妮顿时醒悟，立刻起身冲进父母卧室，大喊："快起床，着火啦！……"

　　烈火很快蔓延到整座房屋。在霍德华和"大王"的帮助下，母女俩从卧室窗口跳了出来。但接着，芙恩却听到"大王"仍在屋里不安地叫唤，她心想莫非丈夫出了意外，于是又爬回到屋里，果然看见霍德华已被烈焰和浓烟熏倒在地上，芙恩在"大王"的帮助下，把霍德华救了出去，待芙恩跳出窗后，"大王"才紧跟着跃出窗外。

整所住宅都被大火吞噬，全家人为能够从火海中脱险深感庆幸。这时，他们看到"大王"却已"面目全非"：头上的毛被烧焦，脚掌被灼伤，脖子被受热的铁项圈烙上了深深的印痕，大大小小的木刺穿透了它的唇部，那是它啃咬厨房房门时所致。主人们围着"大王"，感动得抚摸着它，三双眼睛被泪水模糊了。

动物成语

犬马之报

【释义】愿像犬马那样供人驱使，以报恩情。

【出处】元·无名氏《连环计》

巨蟒吞牛

巴西有个坐落在大森林边的村庄,村里有个叫卡西的人。

这天,卡西牵着水牛在林边吃草,突然,从丛林里窜出一条10米多长水桶般粗的巨蟒。巨蟒昂起头,张着大嘴巴,嘴里的舌头非常快地吐动,好像喷出了一股火焰,还发出呼呼的威吓声。

卡西吓呆了,像被钉在那里。巨蟒庞大的身子在草地上疾速地摆动着,向卡西冲了过来。

就在这千钧一发的时刻,卡西身后的水牛忽然冲上前来,抬起前蹄向巨蟒的头踏去。巨蟒一摆脑袋,水牛扑了个空。巨蟒被激怒了,蓦地把头扬起很高,身子一扭,长长的尾巴猛扫过来,一下就把水牛打翻在了地上,然后用身子紧紧地缠住了水牛。

这时,被紧紧缠住的水牛再也使不上劲了,它拼命地挣扎着,巨蟒越箍越紧,不一会儿,只听见水牛一生惨叫,就没了声息。巨蟒转过脑袋,张开大嘴,一口咬住水牛的头,开始朝肚里吞……

当卡西回过神来时,几百斤重的牛已经被巨蟒吞进了肚里。只见巨蟒的身体胀得又粗又大,皮也变得像一张半透明的玻璃纸,连它肚子里的牛骨牛毛也隐约可见,巨蟒爬在哪里胀得一动不能动。

卡西抄起地上一根树棍,朝巨蟒身上狠狠地扎去。"噗——"的一声,巨蟒那薄如纸的皮,被他扎了个大窟窿。卡西不停地一阵猛扎,把巨蟒扎得皮开肉绽。巨蟒呜咽一声,头一歪,一动不动了。

动物成语

人心不足蛇吞象

【释义】比喻人贪心不足,就像蛇想吞食大象一样。
【出处】《山海经·海内南经》

他没有开枪

日本有个猎人叫大造,常在沼泽地边打猎,大造的技术很高,经常满载大雁而归。可自从雁群中出了一只领头雁后,他连一只雁也打不到了,心里一直闷闷不乐。

大造是个聪明的猎人,想到了一个好主意。他驯养了一只大雁,准备用这只雁作诱饵。

又到了大雁归来的季节。一大早,大造就把那只驯熟的雁放了出去。不一会儿,一只大雁领着群雁飞进了沼泽地呼呼地喧叫起来。

大造轻轻地吹了声口哨,想把他驯熟的雁唤过来。他知道只要有一只雁往这边移动,别的雁也会跟过来的。大造端着猎枪,瞄准着那只头雁。

眼看那只头雁快过来了,突然,一只老鹰从半空中笔直地飞落下来。头雁领着雁群疾速地躲过老鹰,飞上天空。啊呀!有一只雁掉队了。那正是大造驯养的雁。

老鹰张开锋利的爪子扑向掉队的雁。啪!那只雁的羽毛在空中飘散,在老鹰摆出猛攻的架势时,那只头雁猛然横穿过来。

大造把枪顶上肩,瞄准头雁,但是,他突然想起了什么,把枪放了下来。

头雁冲到老鹰前,用它的大翅膀和老鹰短兵相接地扑打起来。老鹰受到这意外一击,身子在空中摇摇晃晃地,老鹰终究不是好惹的,它调整了进攻姿势,向头雁的胸口猛冲过来。叭!叭!头雁的羽毛像白色的花瓣,在天空中乱飘。

头雁和老鹰厮打在一起,降落到了地上。大造端着猎枪跑了过去。老鹰发现猎人,丢下头雁,拍扇着翅膀飞走了。头雁的胸脯被鲜血染成了一片殷红,竭力地挣扎着,抬起头盯着大造。

大造的心被深深地打动了,他轻轻地抱起头雁为它擦伤。

动物成语

哀鸿遍野

【释义】哀鸿:哀鸣的鸿雁。比喻在天灾人祸中到处都是流离失所、呻吟呼号的饥民。

【出处】《诗经·小雅·鸿雁》

大象坟坟

1970 年 12 月的一天,非洲大草原上,几十头大象围着一头雌象,好像在集会似的。原来,那被围在中间的雌象是一头患了重病的老象,它已有气无力,连站也站不住了。不一会儿,它蹲了下来,低着头,喘着粗气,偶尔扇动一下耳朵,发出一声低沉的声音。

围在四周的象群,用鼻子把附近的草叶收集来,捆成束,朝雌象嘴边投去。但是,那雌象已经不能吃了,只是艰难地支撑着身躯,最后,终于支持不住,倒在地上死了。

这时,围在周围的象群,突然发出一阵哀号。一头为首的雄象,用长长的象牙掘松地面的泥土,并用鼻子卷起土块,朝死象身上投去。接着,全体象群也都纷纷用鼻子把泥土、石块、树枝、枯草卷成团,投在死象身上。片刻,死象就被掩没了,地面堆起了一个大墩。为首的雄象这时一边用鼻子卷起土加在土墩上,一边开始用脚踩踏土墩。接着其他的象都跟着去踩,一会儿,就把土墩踩得结结实实,成了一座坚固的"象墓"。

最后,雄象发出一声洪亮的号叫,象群立刻停止踩踏,把土墩围在中间,一个个绕着土墩,慢慢地走着,就像人们在追悼会上进行向遗体告别的仪式一样。一直走到夕阳西下,雄象带着象群,耷拉着头,扇着耳朵,甩着鼻子,依依不舍地离开土墩,走向密林,渐渐隐没在暮霭之中。

动物成语

象齿焚身

【释义】焚身:丧生。象因为有珍贵的牙齿而遭到捕杀。比喻人因为有钱财而招祸。

【出处】《左传·襄公二十四年》

感动一生的义勇故事

9

多亏大红马

奥克米特是加拿大的农场主,这天他骑着他那匹心爱的骏马来到农场旁的山林里溜达。黄昏的林子很美,奥克米特慢悠悠地踱进了林子深处,他深深吸了口气,只感到全身舒畅。

马继续向前走着。突然,一个黑影从岩石后蹿了出来,它伸出巴掌朝奥克米特扇了过去,奥克米特只觉得眼前一黑,就从马上摔出了很远。原来,这是一头黑熊干的。此刻,它晃悠悠地朝奥克米特走来。奥克米特想爬起来,但刚才致命的一击使他丧失了抵抗力。

黑熊一屁股坐在奥克米特身上,奥克米特拼命支撑着,额头上渗出了黄豆大的汗珠。

站在一旁的大红马好像明白了主人的险境,它长鸣一声,冲到黑熊的背后再一转身,扬起后蹄,重重地踢在了熊背上。黑熊急了,忙转身去应付红马,大红马一甩尾巴赶紧跑了。大黑熊又回来坐在奥克米特身上,因为这时他早已昏迷过去了。

大红马见黑熊没追,又杀回来,用脚猛踢熊背,最后几下狠狠踢在熊的脑袋上,熊怪叫一声溜了。

大红马用舌头舔醒了主人,他流血过多,虚弱得站不起来了。大红马跪下双蹄,让主人爬上自己的背,小心翼翼地驮着主人,一步步地走回农场。

汗马功劳

【释义】汗马：将士骑的马奔驰出汗，比喻征战劳苦，指在战场上建立战功。现指辛勤工作做出的贡献。

【出处】《韩非子·五蠹》

感动一生的义勇故事

狐狸的忌日

王家村有位猎手名叫王国忠。这年冬天,他进山打猎,看到一只全身火红的狐狸。王国忠兴奋不已。他想开枪,又怕伤了毛皮,便将这红狐狸逼向树林里。树林里有他布下的尼龙细丝网。红狐狸不知是计,一下子被网住了。

红狐狸在网里挣扎着。它用牙扯开一个小洞,眼看快钻出去时王国忠赶到了。他生怕红狐狸逃掉,便脱下皮袄,将红狐狸罩住,使劲按着,好久才松手。当王国忠松开手时,发觉红狐狸已被他闷死了。他好不懊丧!

王国忠将红狐狸拎回家,把红狐狸的皮剥下,用竹签撑开,像旗杆儿似的,竖在门前晒着。红狐的皮可值不少钱呢。王国忠的妻子烧了一大锅狐狸肉,喊来左邻右舍一起品尝,别提大家多高兴了。

王国忠的妻子出门倒水时,闻到股怪味儿。她抬头一看,只见雪地里黑呼呼的一片。夕阳下,几百只狐狸聚集在村头空地上,正朝她瞪着眼睛。王国忠的妻子吓得惊叫起来。村里好多人都奔了过来,一见这情景,也都惊呆了。五、六百只狐狸,一齐望着竹竿上的红狐狸皮。村民们都吓得不敢吱声。

几位老人商量了一会儿,劝王国忠:"看来它们是来讨狐狸皮的,

感动一生的义勇故事

那就还给它们吧!"王国忠不信:"迷信!畜生哪懂这些。"说罢,转身回家去取猎枪。王国忠的妻子怕惹祸,拉住他说:"你就试试吧,把狐狸皮扔给它们,看它们咋样!"王国忠无奈,只好取下红狐狸皮,卷成一团,像扔手榴弹似的,扔向狐群。

狐狸皮落在狐群中间。狐狸们见有东西砸来,先四散而逃,随即又一哄而上。狐狸们围着狐狸皮,默默地站成一圈。啊,好一个庄严肃穆的葬礼!

人们远远地站在村头,静静地看着。只见狐狸们一个接一个走到中央,闻闻狐皮,当告别仪式结束时,狐狸们又一齐低下头。这时,有只狐狸发出一声悲愤的尖叫。人们正在惊奇时,只见一只红狐狸叼起那张狐皮,在群狐的簇拥下,一齐离开了村口,消失在暮色苍茫的雪原中……

动物成语

狐死首丘

【释义】首丘:头向着狐穴所在的土丘。传说狐狸将死时,头必朝向出生的山丘。比喻不忘本;也比喻暮年思念故乡。

【出处】战国·楚·屈原《九章·涉江》

黄耳狗

晋代文士陆机,年轻时挺喜欢打猎。他原先在吴国任牙门将时,有位友人送给他一只跑得很快的狗。那只狗全身毛色黑亮,只有两只耳朵上长着黄毛,就给它起了个名,叫做"黄耳"。

后来,吴国灭亡,陆机到洛阳去做晋王朝的官,便带着"黄耳"到了洛阳。

这只黄耳狗,实在是聪明,仿佛能听懂人的话。曾有一次借给人家到 300 里之外的地方去了。那狗能认得路,后来自己回到洛阳陆机的住处。

陆机在洛阳做官,没机会回家,很长时间不知家中情况,心中惦念。陆机对黄耳说了几句笑话:"我家中一封书信也没有来,你能替我带封信回去,打听一下家中的消息吗?"黄耳听了,很高兴地摇着尾巴,叫了几声,似乎表示答应。陆机便写了一封信,用竹筒装好,封住,拴在狗脖子上。狗就直向大路走去,向东南方跑。饿了,就依偎到摆渡的人身边,敛毛摇尾,显出很驯顺的样子,所以总能被摆渡人照应。狗到了陆机的家,呜呜地叫着。陆机的家人看过书信,狗又向他们叫,好像是问有什么要求。家人也就写了回信,放在筒内,拴在黄耳颈上。黄耳又跑回了洛阳。估计人走这么远要 50 天,狗只用了 25 天。

后来,这狗死了,陆机把它葬在家乡村庄之南 200 步远的地方,还垒了一座坟,人们称为"黄耳冢"。

动物成语

犬马之劳

【释义】古代臣子对君主常自比为犬马,表示愿像犬马那样为君主奔走效力。现在表示心甘情愿受人驱使,为人效劳。

【出处】《汉书·孔光传》

爱丽莎看妈妈

一天,有头母狮带着两只小狮子回娘家,去看望它的妈妈拉娜。拉娜是位动物学家,在它的住处,养着各种动物,有山羊、猩猩、狐狸……

几年前的一天,拉娜到大森林里去,看到一头失去母亲的小狮子。拉娜把小狮子抱回家,像照顾女儿一样照顾它,又给它取名爱丽莎。几年后,拉娜把爱丽莎带到森林,可爱丽莎不愿离开拉娜,拉娜只好又把爱丽莎又带回家。

几天后,拉娜开着汽车来到森林边,一狠心,把爱丽莎推下车,自己开车回到家。

爱丽莎在森林里生活了两年,在这期间她生了两头小可爱的狮子,可它始终忘不了拉娜。当爱丽莎带着小狮子来到拉娜的住处时,拉娜高兴得抱住了爱丽莎。拉娜烧了一大锅烤骆驼肉,招待爱丽莎和两头小狮子。

当天晚上,拉娜和爱丽莎像久别重逢的朋友,一直谈到深夜,不肯睡去。

第二天,爱丽莎把两头小狮子留给外婆,自己依依不舍地走回森林去。

15

动物成语

狮象搏兔，皆用全力

【释义】比喻对小事情也拿出全部力量认真对付。

【出处】清·黄宗羲《〈称心寺志〉序》

感动一生的义勇故事

形影不离的朋友

卡林家住印度尼西亚的农村。自他出生之日起，一直有一个伙伴陪伴他，那就是一条重 60 公斤的大蟒蛇叫西贝朗。

1986 年卡林出生时，西贝朗 4 岁，它时时守在卡林身边，如果有陌生人过来，它就会昂头呼呼吐蛇信。不但野兽和外人不敢碰孩子，就连蚊蝇小虫，闻到蟒蛇味也退避三舍，远远地飞开了。卡林长到 10 个月光景，有一次卡林爬出摇篮，扑在西贝朗身上，西贝朗用尾巴轻轻拍打着他，两个玩得可热乎了。

卡林 3 岁时很顽皮，他平日里不但要搂蛇抱蛇，有时还用嘴咬蛇，可是西贝朗总是任他摆弄嬉耍，从来不发怒。在洗澡时，卡林常常将西贝朗的头按入水中，按两三分钟，蟒蛇毫不在乎，由着他玩。有时，蟒蛇也故意装出发怒的样子，将卡林卷在中间，张开血盆大口，像要吞食他的样子，只是轻轻地卷，一点也不疼。卡林一点也不害怕，反而嘻嘻哈哈地笑个不停，使旁观者目瞪口呆。卡林和大蟒交上了朋友，真是形影不离。有人劝卡林爸爸将西贝朗放回森林去，小卡林虽然不情愿，还是被爸爸说服了。在一个天气晴朗的日子，全家人开车把蟒蛇放回森林，趁蟒蛇在溪边喝水，一家人偷偷开车回家了。

吃晚饭时，卡林忽然大叫一声，非常高兴。原来，西贝朗又回来了。从此，他们再没提将蟒蛇送走的事。

动物成语

画蛇添足

【释义】画蛇时给蛇添上脚。比喻做了多余的事，非但无益，反而不合适。

【出处】《战国策·齐策二》

驯鹿比尔

一天,牧人米西尔和他的儿子潘克勒经过一处灌木丛,发现一头小鹿正跌倒在灌木丛中。于是他们便把小鹿抱回家,给它取了名字叫比尔。

比尔一天天长大了,长得又雄壮又漂亮,潘克勒和它成了好朋友。

这一年,米西尔要把他驯养的鹿群向新牧场转移。一路上,由于可怕的伤寒病,使一头头驯鹿都倒了下去,小鹿比尔也病了,米西尔要把它扔了,可潘克勒哭着,怎么也舍不得。比尔知道自己快死了,到了深夜,它恋恋不舍地走进潘克勒的帐篷,想在临死前,再多看潘克勒一眼。突然,它绊倒了一只水桶,比尔慌忙转身就跑。潘克勒被惊醒了,看见了比尔的背影,他呼喊着比尔的名字,追了上去,来到了山谷里。猛然,两只恶狼蹿了上来,一步一步把潘克勒逼上了悬崖。

比尔转身一看,急得它向狼猛扑过去,潘克勒惊叫一声,跌下了悬崖,公狼来不及躲让,比尔那丫丫杈杈的大角,猛地插进公狼的肚皮。母狼又扑上来,猛地咬住了比尔,比尔鲜血直淌。被激怒了的比尔,用大角叉住了母狼,一下把母狼甩下了悬崖。

比尔带着重伤,奔下悬崖,来到潘克勒的身边。潘克勒被摔昏了,比尔用舌头舔着小主人的伤口,接着驮起昏迷的小主人,艰难地爬上

感动一生的义勇故事

了山顶。它用尽最后的力气,朝着山下的帐篷叫了一声:"哺呜——"
米西尔听到叫声,奔上山顶,抱住潘克勒,望着死去的比尔,伤心地哭
了起来。

动物成语

鹿死谁手

【释义】:比喻不知政权会落在谁的手里。现在也泛指在
竞赛中不知谁会取得最后的胜利。

【出处】:《晋书·石勒载记下》

感动一生的义勇故事

无家可归者的恩人

　　美国得州休斯敦城,发生过这么一件新鲜事:一头大肥猪跳下激流救起了一个 8 岁的女孩。报纸电台报道之后,很多人都对这头大肥猪的英雄事迹感到钦佩。有位 50 岁的妇女哈贝塔更是对这头大肥猪好感得如醉如痴,她提出要与这位英雄一起生活。说到做到,她把大肥猪接回家,并且给它取了个名字叫"杰米"。

　　哈贝塔把杰米带回家以后,马上将一半的居室装饰成适合大肥猪休息打滚的"猪宫"。每天,哈贝塔跟杰米一起用餐,吃三明治、汉堡包,一起看电视,一起散步。哈贝塔还特意加宽了浴池,每天与杰米一块洗两次泡泡澡。好心的哈贝塔收起了家中所有的镜子,为的是怕被杰米看到自己原来是一头猪后会伤心。这样过了半年,杰米体重竟达到 700 磅。

　　有行善好心的哈贝塔开放了"猪宫",让大家来参观杰米。哈贝塔不收参观费。但是,她要求前来参观者携带食物以救济社会上的无家可归者。大概是杰米的名声大,哈贝塔的这个做法效果很好,一年下来,募集的罐头食品竟有成千上万。

　　哈贝塔的善举吸引了邻近城市的穷人源源涌来,惹得休斯敦市政府大为不悦。他们指令"动物福利协会"的人前往"猪宫"干涉,以"妨碍环境卫生，不宜豢养在家中"为理由带走了杰米，把它单独关到了城郊的一个农场里。

哈贝塔无法找到杰米，到处呼吁。杰米为了反对对它不公正的待遇，以绝食来表示抗议。休斯敦再一次轰动了，全城几乎所有主要通道口都设立了大看板，看板上写着：请签名支持杰米，它是休斯敦无家可归者的恩人。扭开电视，绝食中的杰米正楚楚可怜地望着观众。走上街头，小朋友们争相传唱形容杰米遭遇的歌谣……

18个月以后，杰米终于又回到了"猪宫"，又回到了哈贝塔的身边。不过，这位无家可归者的恩人的体重，已经整整瘦掉了100磅。

动物成语

快马加鞭

【释义】：给快跑的马再抽几鞭，使它跑得更快。用来形容快上加快，疾驰飞奔，或用以比喻不断努力，继续前进。

【出处】：《墨子·耕柱》

海豚都丽

美国有一户人家,住在离大海不远的小河边上。1971 年 5 月的一个早晨,女主人吉恩在河边发现一只小海豚。她跑回家,拿来几条鱼喂它,还给它起了个名字叫都丽。从此都丽常出现在河码头上。

吉恩像爱自己的孩子一样爱都丽。她常跟都丽聊天,都丽把头伸出水面,听得很入神,眼睛里闪着活泼的光彩,显出想讲话的神情。吉恩为都丽在码头边造了个"房子",都丽能把小门打开或关上。它有时也出去玩玩,但很快又回来。它已经把这儿当成自己的家啦。

都丽跟吉恩的两个女儿也很要好,经常跟这姐妹俩在水里耍,让她俩骑在它背上,在河里飞快地破水前进。

都丽是从哪儿来的?原来,它住在一家海洋动物研究所。它生性好动,不愿按训练员的命令行动,后来被放回大海。但是,它已习惯同人交往,再也不愿回到海洋去,所以才沿着小河,在吉恩家落户了。

1972 年 6 月,吉恩一家带着都丽到外地旅行。回来时,他们乘着橡皮艇,在海上航行。都丽一直跟在船边游泳。半路上,它遇到一支训练海豚的队伍。都丽离开船和同伴们玩了一会儿,它又回到船边。它好像知道,这是回家的途中,不能贪玩。

后来,吉恩把都丽送到一个海豚训练场饲养。这儿条件很好,但都丽一直闷闷不乐。它"想"家,"想念"亲人,明显地瘦了。吉恩不放心自己的"宝宝",又把它接回来,放到河里。从此,都丽又像当初那样,跟吉恩一家亲密地生活在一起。

动物成语

一龙一猪

【释义】:一是龙,一是猪。比喻同时的两个人,高低判别极大。

【出处】:唐·韩愈《符读书城南》

狗救小巴义

　　草原上，3 岁的小巴义在蒙古包前玩耍，一条黑狗卧在一旁打瞌睡。巴义的妈妈走出蒙古包，在黑狗头上拍了拍，说："看好巴义，我去把羊群赶回来。"

　　主人走了，黑狗匍匐着靠拢小巴义，注视着四周。忽然，它嗅到一股狼的气味，黑狗机警地站起来。

　　这时，两条恶狼从草丛里跳了出来，盯着胖乎乎的巴义。黑狗竖着耳朵，呲着尖利的牙齿，发出"呜呜"的吼声。要是平常它早就扑上去同恶狼拼个你死我活了。今天它不敢轻易出击，只是前腿蹬着，后腿弯着，等待恶狼的进攻。

　　一条恶狼迎面扑上来，黑狗身子一闪，狼扑了个空。另一条狼乘机扑向小巴义，黑狗狂吼一声，冲上去一口咬着它的脖颈，猛地一摔，撕下一块皮肉，把它掀出老远。那条扑空的狼扭头又扑上来，黑狗脑袋一低，咬住它一条前腿。恶狼一口咬掉了黑狗一只耳朵，黑狗忍着剧疼，全身一使力，"叭"地咬折了狼的前腿，它惨叫一声，跌滚在草地上。

　　被黑狗咬破颈脖的狼又上来了，黑狗"呼"地扑上去，同狼厮打在一起。不一会儿，它俩身上鲜血淋淋，恶狼坚持不住了，黑狗死死咬住它的咽喉,狼四腿一伸不动了。

那条断腿的狼爬了过来,咬住黑狗的肚子,黑狗挣扎着,咬住它的脖颈,它俩谁也不松口,拼命地咬着……

主人回来,看到毫无损伤的孩子,什么都明白了,举起钢叉刺死那条咬住黑狗的恶狼。奄奄一息的黑狗,眼里闪着一丝欣喜的光。

动物成语

犬兔俱毙

【释义】比喻双方同归于尽。

【出处】《战国策·齐策三》

奥波领航

新西兰奥波诺尼市海面上,汽笛声声。希望号渔轮满载归来,正缓缓地驶进港口。

这时,站在船头上的船员,发现一头海豚紧紧跟着渔船前进。海豚不时腾起,跃出海面。船长提议说:"它是我们奥波诺尼市的客人,给它取名叫奥波吧!"从此,奥波成了希望号的朋友。出海时,它在船后欢送。返航时,它又会赶来迎接。

这天,希望号渔船正在最危险的达格纳海域航行。突然,天空乌云翻滚,海面巨浪滚腾,台风来临了。海域内暗礁林立,渔船已无法前进。船长发出急电,要求港口迅速派领航船来领航。可是,久久不见船来,船长急坏了。

忽然,一头海豚顶风破浪向希望号游来,船员们激动地高喊:"奥波!奥波!"只见奥波绕船游了一周,掉头向港口方向游去。它怎么来啦?难道是来领航的?在现在这种危急的时候,待在这儿等领航船,就如同等死,不如闯一闯。于是,船长下命令:"跟上奥波,前进!"

危险!两块礁石相距多近呀!奥波沉着镇静,领着希望号准确地穿了过去。

危险!一块狰狞的巨石挡住去路!奥波一个急转弯,领着希望号

感动一生的义勇故事

穿了过去。

奥波像一位出色的领航员,带领希望号闯出了魔鬼海域。港口,遥遥在望了! 就在这时,一个巨浪,把前方领航的奥波凌空抛起来,"啪啦",奥波被重重地摔在一片礁石上,顿时,海水一片鲜红……

"奥波——"船员们失声惊叫起来,可周围只有呼啸的风,汹涌的浪,奥波却无影无踪了……

希望号平安地回到了港口。

从此,希望号每年都要到奥波遇难的地方,拉响汽笛,全体船员脱帽肃立,为奥波致哀。

动物成语

塞翁失马

【释义】塞:边界险要之处;翁:老头。比喻一时虽然受到损失,也许反而因此能得到好处。也指坏事在一定条件下可变为好事。

【出处】《淮南子·人间训》

认人鸟

澳大利亚有一位老人与一只小鸟交上了朋友。他生活很有规律，每天早晨 7 点起床，8 点开门进入后院，抓一把小米喂他的朋友。小鸟也掌握了老人的规律，到时就飞来取食，并向老人发出"吱吱"的鸣啼以示"致谢"。

但是有一天，老人生了病，没有按时起床。8 点钟，小鸟又照例飞到老人院子里来取食，好半天也没见老人出来，小鸟等不及了，一会儿飞到树上，一会儿又飞到草丛里。过了好一会，见还没有动静，就用尖嘴去啄门。

老人在睡梦中好像听到有人敲门的声音，一看手表，9 点了。老人想，一定是小鸟！他披上外衣，抓了一把小米就去开门。

小鸟对着老人仔细端详了一会，"扑"地一下子飞到了树上，怎么也不下来了。

老人对着小鸟沉思了一会，想学几声鸟叫，呼唤它下来。老人嘴一张，才发现自己忘了戴假牙，他忙奔进卧室，把遗忘在桌上的假牙放在嘴中，然后回到院中。这时，小鸟对他打量了一下，便恢复了以往的亲热。

原来，老人忘了戴假牙时，嘴就瘪了，仅仅老人的面部发生了这么一点极其微小的变化,小鸟就敏锐地察觉到了,真有趣。

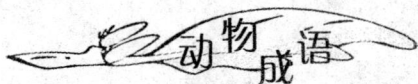

动物成语

倦鸟知还

【释义】:疲倦的鸟知道飞回自己的巢。比喻辞官后归隐田园;也比喻从旅居之地返回故乡。

【出处】:晋·陶潜《归去来辞》

小狗维纳斯

一场真厉害的飓风,直刮得天昏地暗。除了排山倒海的浪头,海面上什么也看不到。今天,飓风停了,中华号货轮这才从避风港起锚,准备远航。

忽然,船长在望远镜里发现海面上有漂浮物,他马上命令货轮靠上前去。这里的海面上,漂满了碎船板、救生圈……可就是没有一个人。"快看!"舱面技师章小军喊道。啊!一块漂浮的船板上趴着一条雪白的狗。船长下令说:"快放救生艇!"章小军跳进小艇,飞快地驶向那条白狗,把它救了上来。

这是一头纯种魏玛狗,威武而漂亮,颈上的皮套还有一块满是外文的小铜牌。船长解下那块小铜牌,看了看,对大家说:"它叫维纳斯,这是古希腊神话中爱神的名字。"

维纳斯又可爱又可怜,章小军要求收养它,船长马上答应了。章小军把维纳斯抱进自己的卧舱,找来一只海龟壳,衬上海绵垫,给狗当卧床。他还弄来一块面包、一盆水和两块牛肉,维纳斯很快把这些美食大口地吃光了。

一个月后,维纳斯恢复了健康,并且和章小军成了最好的朋友。

维纳斯真能干,它把船员们返潮的拖鞋衔到甲板上晒,晚上又送

31

回去,决不会搞错。一次章小军到舱间修理缆绳,忘了戴手套,他马上向维纳斯做了个套手套的动作,机灵的维纳斯立即奔向房间,把手套叼了过来,在场的船员们个个惊叹不已。

有一天,天气晴朗,厨师把300斤梭鱼干统统搬上甲板来晒。可一只又馋又狠的鸥雕立即从天上扑下来偷食。维纳斯见了,猛扑上去,一下子咬住鸥雕的尾巴。鸥雕扑动巨翅,竟把维纳斯带离甲板几米高,可维纳斯紧紧咬住不松口,鸥雕又掉了下来。章小军和船员们闻声赶来,七手八脚逮住了那只倒霉的鸥雕。船员们把鸥雕绑在栏杆上"示众",这一天梭鱼晒得焦干,竟没有一只鸥雕再来偷食。

中华号向回行驶了。这天,又有台风警报,船长决定在巨堡礁附近抛锚,避开台风。第二天,台风尾巴扫到巨堡礁,中华号激烈晃动,发射天线松了,必须立即加固。章小军冒着危险,爬杆作业,大家在下面为他捏一把汗。眼看快完成了,突然一阵风刮来,章小军被刮落到海里。船长迅速命令绞车手火速放下救生艇。"救命呀——"章小军在海水中狂呼。他身后竖起一个大铁剪子——那是鲨鱼的尾巴呀!船长脸色铁青,大家急得团团转,维纳斯也蹦跳不安。

突然,一道白光一闪,只见维纳斯凌空跳进了海里。它水性特好,迎浪向前游去,猛一口咬住了露出水面的鲨鱼尾巴,鲨鱼痛极了,它丢下章小军,回头咬住维纳斯,然后钻入水中。救艇上的船员抓住这宝贵时机,把章小军救了起来。

维纳斯再没有露出水面,人们只看到,浪花中有着缕缕暗红的血水……

台风尾巴过去了,巨堡礁海域风平浪静,中华号做好了起航的准备。在甲板右舷,维纳斯跳海的地方,船员们自动排成三列横队肃立,低头默哀。船长命令拉响汽笛,为维纳斯致哀。汽笛声中,章小军泣不成声。

中华号起航了,这些硬汉子船员个个泪流满面,放声喊道:"维纳斯! 维纳斯——"

动物成语

犬牙交错

【释义】比喻交界线很曲折,像狗牙那样参差不齐。也比喻情况复杂,双方有多种因素参差交错。

【出处】《汉书·中山靖王传》

感动一生的义勇故事

海豚救歌手

一位著名歌手乘船去新西兰,除带上必需的生活用品之外,就是一只他心爱的、形影不离的七弦琴。

在海上他遇到了一群海盗。海盗在他的行李里只搜到一些不值钱的生活用品,气急败坏地骂道:"你这穷鬼!"随即,就要把他扔进海里喂鲨鱼。

歌手告诉那些魔鬼般的海盗:"我的财富并不是金银珠宝,七弦琴上弹奏的动听的歌曲,才是我珍贵无比的财富。如果把我扔进海里喂鲨鱼,那我的全部财产就会葬身在鱼腹,你们也就什么都得不到了!"

海盗答应他弹一支曲子再说。他拿起了七弦琴,轻轻摩挲了一会儿,然后弹走起来,悠扬的琴声,在大海上随风飘扬。凶残的海盗们认为,这些曲子对于他们来说,根本不是什么财富。还是把他扔进大海,连同他心爱的七弦琴。

可是连歌手也不知道,他那动人心弦的琴声,吸引了一群海豚,围着船游来游去。这群海豚从下面把他抬起来,驮着他游动。一些海豚在后面护送着他,场面十分感人。海豚一直把他送到海岸边,又游向广阔的海洋。

动物成语

人为刀俎，我为鱼肉

【释义】：刀俎：刀和刀砧板，宰割的工具。比喻生杀大权掌握在别人手里，自己处在被宰割的地位。

【出处】：《史记·项羽本纪》

鸽子寻主

　　有位美国小朋友名叫安东。几年前,他在院子里发现一只小鸽子。哎呀,小鸽子被谁用气枪打伤了,翅膀上满是血,它飞不起来了,只是"咕咕! 咕咕!"痛苦地叫着。

　　安东把鸽子抱起来,给它用药水治,还给它喂水喂食。半个月后,鸽子的伤养好了,它又能上天飞翔了! 从此,小鸽子和安东成了好朋友,他们整天形影不离!

　　这年冬天,安东生病了,他父母亲急坏了,叫来救护车,连夜把他送到离家200多里路的一家医院去抢救。第二天,安东的父母亲回到家里,见小鸽子在家惊慌不安,扑着翅膀在屋子里乱飞,像是在寻找小主人。过了一阵子,他们发现小鸽子不见了,到院子里、邻居家找了好一阵子,也没找到。

　　安东在医院里住了两天,病情好多了。他静静地躺在床上,多么想念小鸽子呀! 他想听小鸽子那熟悉的"咕咕咕"的叫声,他想抚摩小鸽子那漂亮的羽毛……想呀,想呀,忽然,听到一阵微弱的敲打窗户的声音,他请求医生开开窗户。医生刚把窗户打开,小鸽子箭一般飞进来,落在安东病床上。小鸽子"咕咕"叫着,安东"格格"笑着,他俩多高兴呀!

一般说，鸽子只有到过的地方认识路，而这只鸽子从没有到过医院，它却能飞 200 里路，从成千幢大楼中识别医院，又从无数相似的窗户中找到小主人的病房，这确实是个令人费解的谜。

动物成语

飞鸟依人

【释义】依：依恋。飞来的小鸟依偎在人的身边。比喻依附权贵；亦比喻小孩、少女娇小柔顺，可亲可爱的情态。

【出处】宋·阙名《宋季三朝正要》

37

感动一生的义勇故事

猴子导游

丹尼在非洲旅游时,曾租了一只猴子做导游,现在想来还十分有趣。那只猴子长相可爱,眼睛周围有一圈黑色毛圈,当地人叫它"金钱猴",大概是从它的经济效益考虑的。

给丹尼领路的猴子并不大,可一点不怕人。它见丹尼租了它,便讨好地朝前凑凑,把套在脖颈子上的绳子塞到丹尼手中,就大踏步朝前走了。

它并不顽皮,从不多看丹尼一眼。有时,这位"导游"突然手舞足蹈起来,并伴着吱吱哇哇地尖叫,一副兴高采烈的样子,使人感到好笑。顺着它的手朝前望,正是游览的一处景点。猴子导游大概是在向他介绍着什么呢!

走了好半天,丹尼有些渴了,可深山里前无村后无店的,没有水,丹尼只好求助于猴子,他张着嘴,朝猴子指指喉咙。猴子反应过来了,蹭蹭几下爬上树,摘下几个椰子。

游览完之后,丹尼很感激猴子,给它买了一袋糖。它拱起手不断地向他点头,好像在"感激"他呢! 后来,丹尼还听说,如果遇上大蛇或者猛兽的时候,它还会咬住人的衣服,把游客带到比较安全的地方。

这真是个称职的导游！

动物成语

沐猴而冠

【释义】沐猴：猕猴。

"沐猴而冠"原指猕猴性急，不能若人戴冠著带。后讥人徒具仪表，而无内才，品格低下，或喻人徒具衣冠而毫无人性，或言人暴躁轻浮，不能成事。

【出处】汉·司马迁·《史记·项羽本纪》

39

感动一生的义勇故事

刘明海和他的小猪

　　台湾有个农民,名叫刘明海。这天他要去城里去办件事,顺便想卖掉那只小猪崽。他推出摩托车来,将猪笼绑在后座,然后把尖叫着的小猪提出来塞进笼里。马达声响起来,他驾驶着摩托,一溜烟上城里去了。

　　才开出 10 里路,前面有一辆卡车,他按喇叭超车,谁知刚刚超过卡车,不妨迎面驶来一辆小面包车,他躲闪不及,被小面包车擦了一下,"嘭"的一下,他的摩托跳了起来,颠了两下,跌出了公路,人随即昏迷了过去。

　　再说一路尖叫的小猪,被这突如其来的一颠,一下子掀出了笼子,它在空中翻了一个跟头,骨碌碌滚到公路下的草堆里去了。小猪懵懵懂懂地爬起来,撒开四蹄朝着来的路跑去。

　　且说刘明海的妻子正在院子里晒衣服,突然看见一头小猪尖着两只小耳朵,飞一般地跑进来。起先,她还以为是邻家的小猪逃到她家里来了,仔细一看,黑脑袋白身子,这不是丈夫刚刚提去卖的那只吗?她不禁心里暗暗好笑:"瞧这个马大哈,连捎在摩托车后面的小猪逃走了,他还一无所知。看他回来后怎么说?"想到这里,她操起一根棍子,想把这小猪赶进猪圈。可是这小猪左躲右闪,怎么也不肯进圈,反而一个劲儿地往外跑,越跑越远。小猪逃掉了,刘明海的妻子当然只好往回赶小猪。她一路咒骂一路追,一口气追出了10里地,这才发现刘明海满脸是血,人还倒在路边。她大惊失色,赶忙为丈夫包扎,拦了车送往医院,总算救回了刘明海的一条命。

一直到这时,她才明白,原来是小猪在有意识的引她来救人的。他们夫妇异常感激小猪,就决定将它当恩人养在家里。

动物成语

豚蹄穰田

【释义】用一个小猪蹄祭神,祝庄稼丰收。比喻所花费的极少而所希望的过多。

【出处】《史记·滑稽列传》

41

感动一生的义勇故事

老人和猴子

　　有个老人住在大山里,他在山坡上种了许多玉米。一群猴子见了高兴极了,一齐拥进地里,按倒玉米秆就掰,啃得津津有味。片刻工夫,整块地的玉米被掰了个精光。

　　老人气极了,发誓要是碰上猴子,一定用猎枪把它们全收拾掉。第二年,老人又种上了玉米。玉米成熟的时候,他去收割。走近地边忽然发现奇怪的现象:几十只猴子一起双手捂眼,浑身颤抖,整整齐齐地站成一排;队伍前有一只像猫一样的小动物在来回走动。老人明白:这群猴子遇上了豺!

　　别看豺比猫大不了多少,却是山林中真正的野兽之王,连老虎碰上都闻风而逃。猴子遇上豺知道逃也没用,最后总有一只要被吃掉。久而久之,猴子一遇上豺就老老实实排好队,让豺任选一只饱餐一顿。

　　看到这情景,老人暗暗高兴。山林里出现了豺,他的玉米就有保障了。老人躲在一边等待着要发生的事。

　　豺在队伍前折了几个来回,最后在一只褐毛猴跟前停住了。其余的猴子见豺选中了褐毛猴,都悄悄地钻进了树林。豺选中了褐毛猴并不急于下口,而是趴在褐毛猴的背上,用嘴扯着往下拔毛,疼得猴子长嘶一声,凄惨的尖叫声在山谷中回荡。嗜血成性的豺却无动于衷,依然一口接一口地拔着猴毛。

这惨状使老人震惊了，他产生了一股怜悯之情，再也无法袖手旁观了。老人端起了猎枪，随着枪响，豹栽倒了。此时，褐毛猴一头钻进了树林，逃得不知去向。

打死了这只本来能帮助自己赶跑猴群的豹，老人心里倒反舒坦了许多，他开始掰起玉米来。谁知没过多久，那群猴子又回来了。它们纷纷钻进玉米地，学着老人的样子掰玉米，还把掰下的玉米棒整齐地堆放在一起。原来这群猴子是来帮老人干活呢。

从此以后，每年到收玉米的日子，猴子就来帮老人掰玉米，一只只干得十分卖力。

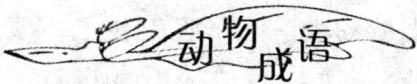

43

感动一生的义勇故事

动物成语

猢狲入布袋

【释义】原指将刁钻顽皮之猕猴装入布袋。后喻山野之性受约束，或行动失去自由。

【出处】宋·欧阳修·《归田录》

忠勇的"多皮"

英国有位叫劳勃生的居民,养着一只非常可爱的阿比西尼猫,这只猫浑身乌黑,两眼闪烁着绿宝石一样的光芒。劳勃生妻子给猫取名叫"苏蒂佳",十分宠爱它。

有一天,劳勃生从"流浪动物之家"经过,发现了一条名叫"多皮"的狗,生得方面大耳,一身毛金黄闪亮,把劳勃生一下子吸引住了。他向管理人员要来"多皮"的档案,只见档案栏上写着:"它不喜欢猫"。怎么办,劳勃生实在太喜欢它了,就抱着试试看的心情带着"多皮"回了家。

劳勃生的妻子一看到"多皮",眉开眼笑,她把小猫"苏蒂佳"叫来,让它与"多皮"熟识一下,要它们成为好朋友。"多皮"用鼻子轻轻嗅了一下"苏蒂佳",这是它所能表示的最热烈的见面礼了。"苏蒂佳"却不肯接受这份亲热,它"喵呜"一声,跳上女主人的肩头,居高临下对"多皮"连连发出一种"呜呜"的威胁声,好像在说:"你这个丑家伙算什么东西,这家人是最宠爱我的。""多皮"不屑一顾地转过头去,主人马上想到"它不喜欢猫",所以单独为它布置了一个宿舍,以免猫狗之间产生摩擦。在此之后的日子里,"苏蒂佳"和"多皮"日日见到面都"汪汪"、"喵呜"地横眉冷对,劳勃生夫妇担心,它们俩说不定会真的翻脸

44

厮杀一场，于是就想悄悄地送走一只。不料就在这当儿，劳勃生家厨房失火，警觉的"多皮"不顾三七二十一，冲进主人卧室，用舌头猛舔主人的脸，劳勃生觉得奇怪，挥手要它离开。"多皮"急了，索性一口把主人裹在身上的床单扯了就走，劳动生追出房间才注意到烟味已从楼下冲来，急忙唤起妻子和四个儿女逃到了屋外。"多皮"用鼻子磨蹭着主人的手，好似安慰他们，然后多皮又纵身跃进冒火的木门，全家大小拼命地喊，但它头也不回。火焰越来越大，眼看房顶就要塌了，突然，"多皮"像一条火牛一样从烈火中窜出来，它的大嘴里，竟叼着觉醒得太迟已被大火多处烧焦的"苏蒂佳"。

"多皮"不计前嫌，在救出主人一家后还不忘冒险救出"苏蒂佳"，忠勇尽责，被当地传为美谈。"苏蒂佳"历经这次患难之后，彻底改变了自己的态度，一改往日对待"多皮"的态度，如今对它又敬又爱，可亲热呢。

动物成语

爱屋及乌

【释义】因为爱一个人而连带爱他屋上的乌鸦。比喻爱一个人而连带地关心到与他有关的人或物。

【出处】《尚书大传·大战》

感动一生的义勇故事

送 葬

非洲丛林里，一场蚂蚁大战刚刚结束了。

取得胜利的沙蚁，在战场上四处奔跑，个个抖动起触角，像是在互相传递着喜讯！

狂欢了一阵，沙蚁们停住了，望着阵亡的同伴，它们全都肃立着，抖动的触角也停住了。

不一会儿，成群的沙蚁排成一长串队伍，开始为同伴送葬了。托着阵亡蚁体的沙蚁，走在队伍前面，跟在后面的有的牵拉触角，有的拖着小草。

送葬的队伍很长很长，在蚂蚁王国里，这一支前不见头、后不见尾、浩浩荡荡的送葬队伍，缓缓而行，显得非常严肃、隆重。

到了"墓地"，沙蚁们用沙土把尸体一点点掩埋起来，又把带来的小草，一棵一棵地栽在"墓地"周围，他们用这种方式以示永久的纪念。

动物成语

蝼蚁贪生

【释义】蝼蚁：蝼蛄和蚂蚁。蝼蛄和蚂蚁那样的小虫也贪恋生命。旧指乞求活命的话，有时也用以劝人不可轻生自杀。

【出处】明·吴承恩《西游记》

感动一生的义勇故事

救生犬黑蒙

瑞士阿尔卑斯山麓，有个著名的圣伯纳修道院。院长凡蒂斯长老驯养着一头身高力大的救生犬，用来救护登山滑雪遇险者。这条救生犬浑身炭一般黑，起名叫黑蒙。

这是个严寒的冬天，业余登山家华生特在一次小型雪崩中失踪了。登山俱乐部主任拿着华生特的衬衫，来向凡蒂斯长老求救。长老唤来黑蒙，让它嗅闻了华生特衬衫上的气味，又亲手挂上救生袋，然后在黑蒙的鼻子上划了十字，最后手一挥说："孩子，去吧！这是第41个！"

黑蒙像一道黑色的闪电，射入白雪皑皑的阿尔卑斯山区，凭着气味信息的引导，它爬过一道道雪障，在白雪覆盖的灌木丛旁找到了华生特。像往常救人一样，黑蒙期待遇险者取出它身上救生袋里的食物，吃饱肚子，恢复体力后跟它回去。

然而华生特没有醒来，黑蒙凑到他的鼻子跟前，嗅了一阵，突然来了灵机，伸出舌头舔他的脸，舔去他眉毛上的雪，舔融他脸上的冰壳。它心里明白，只要华生特醒来，一切情况将会好转。

渐渐地，华生特醒了，慢慢地睁开了眼睛，产生的第一个念头是——狼！他积攒全身的力气，举起锋利的匕首，刷地一下，刺进黑蒙胸膛。黑蒙两眼直翻,在毫无精神准备的情况下,突然受到致命的一击,它万万没有料到。一阵剧痛使它发出一声粗狂的吼叫,滴滴鲜血染红了白雪。黑蒙睁着血红的眼,张开大嘴,扑向华生特的咽喉。然而黑蒙突然停住了,因为它看见华生特又晕了过去。黑蒙垂着头,无法咬去插在胸口的匕首。这时,它头也不回地顺着来路,踉踉跄跄向回跑去。

黑蒙回到了修道院,倒在长老脚下。长老惊呆了,急忙翻过黑蒙的身子,拔下那柄刻有华生特名字的匕首,黑蒙闭上眼,停止了呼吸。长老跌坐在地上,眼中淌出热泪。

后来,人们顺着黑蒙洒下的血迹,救出了华生特。长老决定把黑蒙葬于修道院墓地。41个被救者,包括华生特在内,自动捐款为黑蒙造了一个体面的墓,并竖了一块石碑,上面刻着"救生犬黑蒙之墓"几个大字。华生特久久地站在墓前,心中悔恨交加。

动物成语

按图索骥

【释义】按图像寻求良马,比喻做事拘泥教条,墨守成规。现在指顺着线索去寻找。索:寻找、觅求。骥:好马。

【出处】《艺林伐山》

感动一生的义勇故事

横渡大洋寻主人

1943 年夏天,住在美国西部的布莱佳夫妇带着心爱的小狗波比,驾车去东部旅行。他们走了 3300 公里,来到东部一座城市的旅馆,波比跟着夫妇俩下了车。

这时,有几只当地的狗气势汹汹地向波比奔袭过来。波比和它们你追我赶,厮打成一团。波比在混战中不见了。于是,夫妇俩在报纸上登了一条"寻狗启事。"

他们在旅馆等了一个星期,仍然没有波比的消息,就失望地返回了故乡。

第二年的 2 月 15 日,夫妇俩正在吃饭时,忽听门外响起了熟悉的狗叫声。打开门,果然是波比回来了! 它已经瘦得皮包骨。波比横穿美国大陆跑回家的事,在报上发表后,夫妇俩接到很多来信。夫妇俩根据信中提供的见到波比的情况,发现波比不是沿着他们汽车行走的路线回来的。

波比走了 4600 多公里,中间帮人看管过羊群,受到过猎人的追捕。过去,曾有过狗乘船从印度的小岛返回法国,有过狗横渡大洋回到主人身边的事例。这些狗是怎样回来的,它们的长途旅行是靠什么不迷路的呢?

人们正在研究,寻找答案。

动物成语

老马识途

【释义】老马认识路。比喻有经验的人对事情比较熟悉。

【出处】《韩非子·说林上》

雪豹指生路

故事发生在苏联高加索山区一个偏僻的村镇上。

很早以前,这个偏僻的村镇就只剩下护林人和他的老父亲及儿子吉维。这天,护林人登上滑雪板进了山谷,吉维也领着他的好朋友——猎狗"雪豹"去镇上一座古塔楼去玩。突然,一阵可怕的轰隆声,惊得吉维叫喊着:"爷爷!""雪崩!"爷爷猛地拉开古塔楼门,吉维、"雪豹"、爷爷迅速钻进门来。这时,一只岩羚羊也跟着钻了进来。

霎时,古塔楼的门和窗子被雪堵死了,半坍塌的塔楼顶垂着大雪块,里面一片昏暗。爷爷从一个墙角里找出一盏煤油灯,并把灯点亮。"现在该明白了,为什么岩羚羊到我们这里来,它预感到了灾难,来求我们的保护。"爷爷说。吉维问:"现在爸爸在哪儿?"爷爷答:"他肯定到了山谷,脱离了危险。"吉维轻轻抚摸着岩羚羊,说:"我们一定会从这里逃出去的。"

提到井水,爷爷接着说:"这井水通向一条地下小河。有一次,我们祖先在这个塔楼里躲避敌人,为了通知部队求援,他们纷纷把帽子投到井里,水漂着帽子流了出去。附近的骑兵看见帽子,便赶来营救了他们。""爷爷!"吉维高兴地说:"让我们把装着字条的瓶子放到井水里流出去,人们见了字条,会来救我们的。""等一等,让我听一听是不是有河流水声。"爷爷贴着井壁说。吉维钻到井壁上,发现了一个缺口,发现通向水井的小河已干涸了。

这时,爷爷突然想到,可以让"雪豹"从这里钻出去。于是,吉维写好字条,让雪豹叼着,对着洞口拍拍雪豹说:"前进,去找爸爸!"

于是,"雪豹"钻进洞口,沿着地下河床,艰难地爬行,爬呀爬,不停地前进着。

再说,吉维的爸爸从山谷返回途中,也遇到了雪崩。他赶紧躲在山岩的背后,雪崩带来的气浪一下子把树都折断了。突然,他发现一个正在蠕动的、深色的斑点在移动。原来是"雪豹"!

"雪豹"领爸爸来到了一个洞口。爸爸便对着洞口叫喊着,他听见了吉维和爷爷的声音。于是,爸爸赶紧动手挖雪,"雪豹"也用爪子刨着雪。吉维和爷爷在下面大声唱起歌来。这样挖着刨着,一会儿,残破的塔楼顶露出来了。爸爸放下绳子。爷爷对吉维说:"让岩羚羊先上去,它是我们的客人。"接着吉维和爷爷也从塔楼中沿着绳子爬了出去,他们终于脱险了,"雪豹"摇着卷曲的尾巴,高兴地欢迎他们。

动物成语

管中窥豹

【释义】从竹管的小孔中看豹,只看到豹身上的一块斑纹。比喻只看到事物的一部分。

【出处】南朝·宋·刘义庆《世说新语·方正》

自杀的画眉鸟

王老汉昨天不幸病故了。他喂养的那只有四个春秋的画眉鸟，突然不吃不喝，日夜悲鸣。

早上，王老汉的儿子成志拌好精制的食料送进笼里，画眉鸟看也不看，拍着翅膀，一个劲地在笼子里窜来窜去，叫声更加悲哀。无论任凭成志怎样模仿父亲唤鸟的声音，画眉鸟还是焦躁不安，不断地发出悲哀的鸣叫。

四天过去了，画眉鸟没吃一粒粮食，没喝一滴水。成志直犯愁，他自言自语地说："这样下去，画眉一定会死的，干脆把它放了吧！"

54

第二天一早，他打开笼门，画眉鸟挣扎着拍拍翅膀飞了出来，在室外飞了一圈，忽然转身飞进屋里，一头撞到王老汉生前睡过的床上。

成志一惊，立刻赶到屋里捧起画眉鸟。只见画眉鸟断断续续地喘着气，不一会就死了。

邻里们都说："这是只很有灵性的鸟，它是太思念王老汉了，所以随他去了。"

动物成语

乌面鹄形

【释义】形容由于饥饿而身体软弱,面容枯瘦。

【出处】《资治通鉴·梁纪》

55

感动一生的义勇故事

感动一生的义勇故事

海豚护航

初夏，罗查、泰利和彼得准备在怒海作一次短途航行。

他们刚行驶了一海里，天气骤变，滚滚的海浪把木船一会儿抛向浪尖，一会儿又扔下波谷。三个人急忙掉转船头，往回划。这时，他们看到无数灰白色的鱼鳍划破海面，箭似地向小船飞来。一个大浪打来，船身倾斜得快要翻了，罗查、泰利和彼得跌进了怒海。

彼得跌下海时才看清楚，围上来的是一群海豚。它们把三个海员团团围住，友善地点点头，好像安慰他们别惊慌似的。彼得死命拉住船上的一根绳子，随着波浪的起伏被拖走了200多米。他实在是筋疲力尽了，觉得自己再也不能支持下去了，正想放弃挣扎，任凭死神吞噬自己时，突然觉得有一只巨手将他轻轻托出水面——原来是一只海豚，用鼻子顶住了他的背，一下子将他拖到了船上。

彼得回到船上后，不由吓了一跳！原来，有许多鲨鱼正围着小船游来游去！更奇怪的是，保护他的四条海豚中，竟有三条去驱散正向他游来的两条鲨鱼，而留下来的一条海豚却紧贴着船舷，守护着他。尽管如此，彼得仍然很害怕，因为他受伤的腿在不断地淌血，而鲨鱼对血腥味最为敏感。可是，海豚们似乎懂得彼得的心思，它们组成一堵墙，将鲨鱼和船远远隔开了。

　　小船在海上沉浮，不辨方向。忽然，海豚一齐发出尖叫，接着，又一齐推着小船朝同一个方向游去，彼得知道它们要带他返回岸边。海豚一直保护着彼得，有时一只海豚会离队四处巡视，约 5 分钟后又会游回来，发出尖尖的叫声，好像是向它的伙伴们报告些什么。

　　小船终于驶回了岸边。罗查和泰利已经在岸上等他了。原来是其他 6 只海豚一直护送着他们游回了岸边。

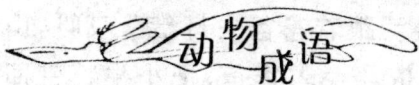

动物成语

龙潭虎穴

　　【释义】龙潜居的深水坑，老虎藏身的巢穴。比喻极险恶的地方。

　　【出处】元·无名氏《昊天塔》

57

感动一生的义勇故事

感动一生的义勇故事

白脚杆野牛

　　春天里,西双版纳森林好美丽,依兰兰跟着爸爸去打猎。哎呀,山沟里有头小牛犊跌伤了,痛得直叫唤。依兰兰求爸爸,把小牛犊带回家了。

　　依兰兰采来药草,给小牛犊治好了伤,她和小牛犊成了好朋友啦!在依兰兰照料下,小牛犊长得多快呀!两年后,它成了健壮的大黄牛啦!

　　这天放学后,依兰兰到后山坡去割草。忽然,树林里刮起了怪风,一只老虎跳了出来! 依兰兰吓得喊起来:"救命呀! 救命呀!"在山坡上吃草的黄牛听到了,撒开四蹄奔过来,拦住了扑向依兰兰的老虎,一场恶斗开始了!

　　一声虎啸,山冈都震动了。老虎张牙舞爪扑过来,撕破了黄牛的脖子,鲜红的血流出来,滴在绿茵茵的草地上。黄牛忍住痛,挣脱出来,它怒吼着,瞪着血红的眼睛,挺起锋利的牛角,旋风似地向老虎猛冲过来。老虎想躲,可哪里来得及? 黄牛的尖牛角戳过来,将老虎死死顶在山根的石壁上。黄牛的力气好大呀! 老虎动弹不得,张口喘着粗气,不大一会儿没有声息,死了。

　　黄牛斗死老虎的消息传开了,四村八寨的乡亲都赶来看望这头了不起的大黄牛。动物研究所考察队听到这消息,也赶来了。范教授绕着黄牛细细看。突然,他拍着手说:"这是白脚杆野牛,世界上只有西双版纳有,太珍贵了。"

这下大家才明白,依兰兰拣回来的不是普通的小牛犊,是头野牛犊呀!

动物成语

牛刀小试

【释义】牛刀:宰牛的刀;小试:稍微用一下,初显身手。比喻有大本领的人,先在小事情上略展才能;也比喻有能力的人刚开始工作就表现出才。

【出处】宋·苏轼《送欧阳主簿赴官韦城》

感动一生的义勇故事

来历不明的礼物

　　印度邦泰戈尔山下有个帕尔科洛普尔村,村旁有座独家小木屋,房主是个孤老头儿——达姆大叔。

　　一天,达姆拿了砍刀和绳子,到东山坡下去砍柴。刚到山坡下,看见一只大灰狼正从一个洞口里拖出一只斑猫。那猫拼命挣扎,还"吱哩、吱哩"地惨叫。达姆举起砍刀,刷地一刀,劈死了大灰狼。他想起从狼嘴里救出来的大斑猫,回头望去,不由得吓得两腿发抖。原来那不是什么大斑猫,而是一只虎崽子。它已爬回洞口,正偎在一只雌虎胸前。达姆很害怕,慢慢朝后退,走了 100 米,那雌虎没有追上来的意思,于是他加快了脚步。

　　半月后的一天早晨,达姆开门一看,不知谁在门口丢下一只又大又嫩的山狸子,只是脖子被咬断了。他觉得很奇怪,既然是送上门的,他也就剥食了。又过了半个月,达姆门口又有半只小鹿。一连收到六次意外的"礼物",而且有了规律,每半月一次。达姆决定弄个水落石出。

　　一个月明星稀的春夜,达姆关紧门,墙上的小木窗打开一条缝,可以望见洒满月光的场院。半夜时分,一个黑影出现了。那是一头老虎,嘴里叼着一只山兔,慢慢走来,放在达姆门口,然后仰起头,望着木屋出了一会神,悄悄地走了。达姆惊呆了,这使他突然想起那只大灰狼,那只虎崽子,那只雌老虎,难道那些"不明礼物"是这只雌虎送的吗?

达姆猜对了。当他在东山坡看见大灰狼咬虎崽子的时候,雌虎刚巧觅食归来,它也见到大灰狼咬它儿子。几乎同时,达姆扑向大灰狼,而雌虎救子心切,扑过来叼起虎崽子奔回洞口。当达姆砍死大灰狼时,根本不知道那只在他看来是"大斑猫"的虎崽子,是如何被虎妈妈救走的。然而雌虎看得清楚,大灰狼要吃它的儿子,而达姆要杀大灰狼。杀了大灰狼等于救了它的儿子呀!

雌虎觉得对这个"救子恩人"需要报答。于是,小木屋门前经常出现"不明礼物"的怪事。

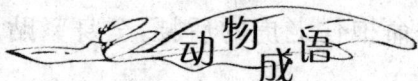

61

感动一生的义勇故事

动物成语

虎不食子

【释义】老虎凶猛残忍,但并不吃自己的孩子。比喻人皆有爱子之心,都有骨肉之情。

【出处】明·杨珽《龙膏记·藏春》

象 童

印度13岁的象童巴乌里骑着大象到森林里去玩,他刚采几个野果,突然,一声虎啸,从草丛里跳出一只色彩斑斓的猛虎。巴乌里要回到大象身边已来不及了,他迅速爬上身边的一棵小树。老虎在树下咆哮,巴乌里继续朝上爬,只听"咔嚓"一声,脚下的枯枝被踩断,他刚好砸在老虎背上。老虎一愣,巴乌里趁机稳住身子,头正朝着老虎的屁股,他用脚紧紧夹住老虎的颈项,双手拼命抱住老虎的后腰,全身紧贴虎背,脑子里想着对付老虎的办法。

老虎想咬,但无从下口;尾巴扫,又扫不到。它猛跳几下,又颠不下来;它打几个滚,巴乌里还在背上贴得牢牢的。老虎折腾了一番,一回头,看到一只脚在晃荡,张嘴就是一口。象童疼痛得高喊:"救命!"大象正在啃树上的嫩叶,一听主人呼救,它迅速奔过来。象童立刻松开手,老虎屁股一拱,他被抛到地上。大象长鼻一伸,拦腰卷起老虎,举到半空。但老虎咬脚的嘴不松口,象童头朝下被悬空吊起。大象使劲晃动鼻子,老虎被晃得头昏脑涨,大吼一声,象童掉在地上。他不顾一切爬到象背上。

老虎猛得勾起脑袋,张开血盆大口,一口咬住象的长鼻子。大象痛得浑身直抖,可它不敢甩老虎,弄不好老虎摔不成,鼻子反而要被甩断。只见大象慢慢低下头，用嘴把老虎抵在地上，鼻子缠着老虎不松劲，然后伸出一只脚，踩住老虎的肚子，轻轻一碾，老虎伸腿断了气。

象童感激地说："没有大象，我今天肯定活不了啦！"

动物成语

虎口逃生

【释义】老虎嘴里幸存下来的生命。比喻逃脱极危险的境地侥幸活下来。

【出处】《庄子·盗跖》

63

感动一生的义勇故事

蛇将他托出洞口

一般的大蛇都吞食活物,令人胆战心惊,但也有例外。印度的猎人巴巴尼就遇上过这么一回。

有一天一早,巴巴尼提了一支猎枪去打猎。他走在山路上,突然,灰影一闪,两只野兔一蹦一蹦朝那边跑去。他手起一枪,只见其中的一只翻了一个筋斗,但是只顿了一顿,它马上又一瘸一瘸地跑了。伤了,肯定是受伤了。追!巴巴尼提了枪拉开步子就追。谁又知道,才跑30步光景,他猛地感到脚下一虚,嘭的一声,他跌进了一个深洞里了。

他大概昏迷了5分钟,醒来动了动手脚,还好,身子似乎没伤。但是洞高有3米,口小底大,洞边是滑不唧的青苔。他试了几次,都爬不上去。正这时,突然一条粗若大碗、长约8米的大蛇蜿蜒而下。这下,可吓得他连魂都飞了。他唯一能做的就是紧贴在井壁上,眼看着大蟒拿他怎么办。大蛇下来后的第一件事是上上下下地打量他,然后,它用尾巴卷起猎枪,轻轻一甩,啪,枪飞到洞上去了。看来,它不喜欢这家伙。不一会儿,它又爬出洞去了。这滑溜异常的洞壁,在它压根儿不当一回事。上去后,它又用尾巴扫下了许多枯叶来,大概是怕他冻着了。这样一直到天黑,洞口落下两只野兔来,其中一只竟是早上被他打伤的那只，他只好苦笑。兔子还有些温暖，刚死的。巴巴尼又渴又饥，顾不得这许多，就咬开，吸了些兔血，并啃嚼了一些生肉来吃了。这一夜，他就在这洞里睡了一夜。

第二天，大蟒又下来了，大概它觉得与人同住不舒服，就伸出尾巴划来划去。巴巴尼起先不懂，后来领会过来，就抱住了蛇的尾巴。果然，大蛇竟将他托起来送出了洞口。巴巴尼大喜过望，他在洞口跪下来，磕了几个头，这才提起枪，回家去了。

动物成语

打草惊蛇

【释义】原本比喻惩罚甲使乙感到恐慌。后指做事不机密，露了风声，使对方有所戒备。含贬义。

【出处】段成式·《酉阳杂俎》

感动一生的义勇故事

为人接生的狗

66

　　墨西哥祖扎力士镇郊区有个 32 岁的妇女蒙妮卡怀孕数月后,离预产期还有几星期的一天,蒙妮卡一人在家,忽然感到腹部一阵阵疼痛,并且这种感觉越来越剧烈。她终于支持不住而倒在地上,陷入了半昏迷状态。

　　在这危急关头,蒙妮卡家豢养多年的德国雌性牧羊狗费莉卡走了过来。她不断在蒙妮卡身边吠叫,并且用口轻轻咬住蒙妮卡的耳朵,好让它的主人能清醒过来,以免她会完全失去知觉而产生生命危险。

　　它温暖的摩擦和吠叫给了蒙妮卡以极大的精神支持,使她感到不是孤立无援。她缓缓吸气,用且身体用力。

　　过了好一会儿,蒙妮卡肚子里的婴儿开始钻出来了。牧羊犬费莉卡竟然懂得轻轻用嘴把婴儿拖拉出来,随即把脐带咬断。之后,它又跑到田里去找男主人,连声吠叫,并且用头推男主人的腿,好像马上叫他回去。

　　后来,蒙妮卡和婴儿被送进医院,多亏了费莉卡母女平安。夫妻俩为感激爱犬的救命之恩,替女儿取名为"费莉卡",以便让全家记住这恩情。

动物成语

蜀犬吠日

【释义】蜀：四川省的简称；吠：狗叫。原意是四川多雨，那里的狗不常见太阳，出太阳就要叫。比喻少见多怪。

【出处】唐·柳宗元《答韦中立论师道书》

感动一生的义勇故事

奴隶和狮子

　　古时候有个奴隶叫安德洛斯,他常遭主人毒打。有一次,他跟随主人到大草原上打猎,趁主人不注意时逃跑了。他躲进一个山洞里,后来不知不觉睡着了。

　　第二天早上,安德洛斯被一阵吼叫声惊醒。他睁眼一看,哎呀,洞口站着一头狮子。他定神一看,狮子的前爪扎进了一根长木刺,鲜血直淌。这时,他忘记了害怕,帮狮子拔去了前爪上的木刺,狮子不痛了。它走上来,用头碰碰安德洛斯,表示亲热。

　　从此,安德洛斯和狮子成了朋友。狮子把抓来的野兔、小鹿给他吃,安德洛斯也把捕来的鱼给狮子吃。他们在一起生活得很愉快。一天,安德洛斯在河边捕鱼,不料,被一队士兵抓住了,后来被带回他的主人那儿。主人把他送进斗兽场,准备让他和野兽搏斗,供有钱的人来看。

　　斗兽这一天,看台上坐满了人,皇帝和许多贵族都来了。安德洛斯先被押上场,一会儿,斗兽场的小门打开了。雄狮吼叫着,向安德洛斯猛扑过来。

　　安德洛斯吓坏了,他闭上了眼,等待着死亡。突然,狮子停住了,用舌头舔舔安德洛斯,然后依偎在他身旁。原来,这头狮子就是他的好朋友呀！它因为寻找安德洛斯,被士兵们逮住了。安德洛斯抱住狮子,流下了眼泪。

这时,观众席上发出震天动地的欢呼声,人们纷纷要求释放安德洛斯。皇帝也被这情景感动了,他下令给安德洛斯和那头狮子自由。

安德洛斯和狮子又回到了大森林里,他们过着自由自在的生活。

动物成语

龙唫狮吼

【释义】比喻沉郁雄壮的声音。

【出处】南朝宋·刘义庆《世说》

69

感动一生的义勇故事

森林里的交响乐

一天,猎人卡拉尔带着四条猎犬,到森林打猎。顿时,飞鸟走兽一片惊慌,都吓得逃走了。

卡拉尔端着枪,四处寻找猎物。这时,他看到一只梅花鹿蹿出树丛,在低头吃草。他举枪瞄准,手指轻轻地搭着扳机。就在他要射击的一刹那间,躲在树上的猴子们齐声吱吱乱叫,给梅花鹿报信。

梅花鹿听到猴子们的叫声,撒开四腿逃掉了。卡拉尔气得掉转枪口,对着猴子,吓唬它们。这时,他看到一只老鹰在他头顶盘旋。

卡拉尔瞄准老鹰,扣动了扳机。"砰"的一声,老鹰受伤了,"啪"的一声,落到地上。

卡拉尔高兴极了,他带着猎犬,奔向老鹰。好家伙,老鹰趴在地上,两只翅膀展开,足有4米多宽。

卡拉尔正在得意,不料,受伤的老鹰猛扑过来,用嘴啄他。卡拉尔措手不及,扬起猎枪,和老鹰搏斗。4只猎犬"汪汪"地叫着,扑向老鹰,要救主人。但主人和老鹰缠在一起,它们不知咬哪儿才好,只能在旁边又蹦又跳,汪汪乱叫。

忽然,老鹰猛振翅膀,用利爪把卡拉尔抓到了半空中。卡拉尔丢了猎枪,两手紧紧地抓住树梢,急得大声叫喊。可在这原始大森林里,在这高高大树顶上，有谁能来救他呢？

就在卡拉尔要被老鹰抓上天空的一刹那，两只猴子飞快地爬上树梢，紧紧地抱住了卡拉尔的腿。接着，又有10几只猴子爬上来，有的抓住卡拉尔的衣角，有的用树枝抽打老鹰。那只已逃出好远的梅花鹿，听见呼叫声，又奔回来，悄悄地观望。

半空中的老鹰渐渐支持不住了，它的翅膀在树丛中伸展不开，又没法扇动，它随着卡拉尔，从树枝间落到地上。

卡拉尔挣扎着要爬起来，老鹰拍打着翅膀又要用爪子来抓他。这时，梅花鹿冲上来，用尖角戳老鹰，老鹰吓得连跳几步，飞上天逃走了。

梅花鹿走了，卡拉尔看着它消失在树丛中。

卡拉尔含着眼泪，将随身带的干粮放在地上，留给猴子们作礼物。然后，他带着猎狗回去了。

卡拉尔把猎枪扔在乱草丛中，他发誓，再也不到森林里打猎了。

动物成语

螳螂捕蝉，黄雀在后

【释义】形容行事仅顾前而不顾后。或喻目光短浅，仅视眼前利益，而不知后患能随之而来。

【出处】《战国·庄子》

感动一生的义勇故事

河马赶鳄鱼

在比利牛斯湾东岸,经常有成群的河马栖息着。它们或在泥浆中戏闹,或向大西洋无畏地游去。

这天,有一头鳄鱼从比利牛斯岛的河汊中来到海湾附近,它一边慢腾腾地爬行着,一边审视周围,看着没有可供捕食的小动物,以便饱餐一顿。

斜坡上一只小鹿在吃着翠绿的嫩草,它很挑剔,只拣那些合自己胃口的草吃。吃着吃着,见不远处有一片地衣。地衣是它很喜欢吃的,它便一边转动着美丽的眼睛,一边轻快地走过去。它啃着地衣,细细地嚼,品味那特有的清香。吃了好一阵,小鹿困倦了,便倒在山坡下打盹。

鳄鱼发现了小鹿,从草丛中以极诡秘的动作接近小鹿,忽然向前一突,一口咬住了小鹿的后腿,就向不远处的水沟里拖。

小鹿挣扎着,惊叫着,山腰的大鹿都不敢来救,这时呆在北面泥浆中的一头大河马奋勇冲来救援小鹿。大河马吼叫着,一脚踩住鳄鱼的脊梁,一口咬住鳄鱼的后颈,向高一拎。鳄鱼放下口中的小鹿,与鳄鱼战斗。河马连蹦带跳,捉弄着笨拙的鳄鱼。鳄鱼无法攻击河马,连忙爬入水中去了。河马赶过去,赶得鳄鱼远远逃去才罢手。

此时,小鹿早已瘸着腿溜进了丛林。

动物成语

鳄鱼眼泪

【释义】鳄鱼是一种生性凶残,捕食人、畜的爬行动物。传说鳄鱼在吞食人畜时,边吃边流眼泪。比喻恶人的假慈悲。

感动一生的义勇故事

群鸽救难

这是发生在台湾桃园县的一件怪事。

一天,小学教师徐志远到林区玩耍,当他走到一片沼泽地边,听到一阵"咕咕咕"的叫声。他立刻判定,这是鸽子在叫。徐志远是个养鸽子能手,他对鸽子叫声再熟悉不过了。他四下寻找,一抬头,发现一只灰色的鸽子被放风筝的断线缠住,倒吊在一棵足足有 20 米高的大树上,正在拼命挣扎。

徐志远正想上树,忽然看见天空中飞来几十只白鸽,它们围上那只被缠的鸽子,用尖尖的嘴巴轮番地不停地啄。那风筝线好像是尼龙的,怎么也啄不断。一只鸽子啄累了,又换一只,接着第三只……奇怪的是,还有许多鸽子聚集在附近的几棵树上,直愣愣地盯着那只受难的鸽子,似乎万分焦急。

徐志远睁大了眼,竟然发现在冲上来解救的鸽子中,有他养的那几只"雨点"也扑棱翅膀,围着树上的鸽子不停地旋转。

经过半个小时的努力,仍无法啄断。

徐志远被感动了,周围的人都被感动了。有人跑到营区管理处求救,管理处立即派出有爬树专长的员工,利用钢钉固定,逐步攀上树干,将有尼龙绳的干枯树枝连同鸽子小心翼翼地取了下来。

那只白鸽虽然饱受惊吓,但并未受伤,手一松便又飞回树上。其他的鸽子围着它振翅跳跃,似乎在庆幸这只白鸽得到新生。

动物成语

惊弓之鸟

【释义】被弓箭吓怕了的鸟不容易安定。比喻经过惊吓的人碰到一点动静就非常害怕。

【出处】《战国策·楚策四》

感动一生的义勇故事

鳐鱼救人

　　盛夏晴朗的一天。18 岁的青年渔民斯蒂文约了一位同伴一起驾船去南太平洋捕鱼。20 天过去了,他们航行了 375 英里。

　　第 21 天,他们来到离新喀利多尼亚不远的海域时遇上了风暴,同伴葬身海底。斯蒂文凭着机敏和勇敢死死地贴在被掀翻的船底上,熬过了三个昼夜。他打算凭借身上的救生衣,花两天时间游回陆地。可是,强劲的海流却一个劲地把他推到波涛翻滚的大海深处。他绝望了……

　　忽然他觉得有件东西把他托了起来,并载着他一直往前,那东西好像一只大草垫,又像一张大地毯,后面似乎还有尾巴。他认出来,那是条硕大无比的海鳐,体长约 11 英尺,尾巴长约 6 英尺,他吓得魂不附体。海鳐鱼是一种少见的海洋鱼类,身体扁平,略显圆形或菱形,尾的底部有根尖尖的毒针,释放的毒液能立刻把人置于死地,连凶猛的鲨鱼见了它也远远躲开。

　　过了不久,海鳐离他而去。一条大鲨鱼朝他游来,在鲨鱼张开的上下颚之间,两排锋利无比的白牙闪着寒光,接着又出现了第二条、第三条……"这下可完了!"斯蒂文闭上了眼睛,等待死亡的来临。谁知奇迹又出现了。那条海鳐又出现了,它绕着斯蒂文飞快地旋转,鲨鱼见状,转身朝别处游去。

　　海鳐把斯蒂文驮在背上朝前游。斯蒂文靠捕捉到的鱼虾充饥,海鳐则整天伴随着他。16个昼夜过去了,恍惚中他看到远处有一座岛屿,这位奇异的"朋友"似乎也发现了目标,加快了速度朝前游去。他从鳐鱼的背上滑了下来,步履蹒跚地向岸边爬去。后来,他被一个渔夫唤醒并被送进一家医院,和家人通了电话,得知家里已为他举办了丧事。

动物成语

如鱼得水

　　【释义】好像鱼得到水一样。比喻有所凭借;也比喻得到跟自己十分投合的人或对自己很合适的环境。
　　【出处】《三国志·蜀书·诸葛亮传》

感动一生的义勇故事

褐马鸡

褐马鸡是一种大鸟,它的尾巴披散下垂,像马尾巴,所以又叫马尾鸡。

褐马鸡天性善斗。我国古代的帝王们,就用褐马鸡的尾羽,插在头盔上,称之为"褐冠",然后将它赐给将士们披戴,以激励他们去英勇作战。从汉武帝时代起,这种习惯一直延续到清朝。褐马鸡的尾羽,外国人也很喜欢,常被用来作贵妇人帽子上的点缀。

在河北省的小五台山林区,有人看见一只老鹰俯冲袭击一只褐马鸡。褐马鸡不但没有逃走,相反奋勇迎战,用爪抓,用嘴啄。就这样坚持了 4 个多小时,最后两败俱伤。老鹰的肚子被豁开了,褐马鸡也伤痕累累,连翅膀上的飞羽都折断了,但它依然梗着脖子直叫阵。

还有一次,在芦芽山冰雪弥漫的山顶上,狐狸追赶褐马鸡,它们你追我赶,褐马鸡硬是啄瞎了狐狸的眼睛,而后飞到大树上。褐马鸡在树上"咯咯"叫个不停,狐狸气得火冒三丈,可只能急得在树下兜圈子。

褐马鸡体重、翅短,尾羽又特别长,所以飞翔能力极差。它在觅食的时候,只能一步一步地从山下往山上走着啄食,到了山顶,便展翅滑翔下山,再沿着山坡向上爬,如此可以反复好多次。褐马鸡喜欢把巢筑在隐蔽的灌木丛中,但它们从来都是躲到树上去过夜,这是为了防止天敌的偷袭。

褐马鸡日益濒临灭绝,越来越引起人们的警惕。现在我国的芦芽山、庞泉沟两处已设保护区,褐马鸡被定为保护动物。

动物成语

鹤立鸡群

【释义】像鹤站在鸡群中一样。比喻一个人的仪表或才能在周围一群人里显得很突出。

【出处】晋·戴逵《竹林七贤论》

79

彪悍的警卫

　　苏联西伯利亚,有一个"极光"自然保护区。那里有很多野生动物,那里还有一个气象站。气象站里有一个女工作人员,名叫安娜。安娜有一个特殊的警卫,是一只猞猁。猞猁极像猫,但比猫大得多,足有一只豹子大小。它奔跑迅速,爪牙锋利,又能上树、游泳,实在是一种令人害怕的动物。它与安娜也不知是怎么交上朋友的。总之,只要安娜朝着森林叫几声:"捷利,快来! 捷利,快来!"这只猞猁就会应声飞一般跑来。

　　这件事一传十、十传百地传出去,很多人都不相信。有一次,一个年轻人决定去试一试。他来到气象站门外等着安娜,见安娜一个人出来,就大喝道:"站住! 把你袋里的钱拿出来!"说着,假装去追安娜。安娜以为遇上了强盗,大惊失色,拔腿往森林里跑去,边跑边喊道:"快来救我,捷利! 快来!"说时迟,那时快,只听见"呼"的一声,一只野兽飞快地从树林里扑了出来,一纵扑到这个年轻人的身上,吓得这个年轻人"哇哇"大叫。这时,守在一边的他的朋友连忙出来,喊道:"安娜! 安娜! 快喝住这头畜生,他是我们的朋友,与你闹着玩的!"喊的人中有安娜认识的,安娜连忙说:"别伤着他,捷利! 快到我身边来!"马上,这头怕人的猞猁摇摇尾巴,走到安娜的身边去,轻轻地擦着她的身子,安娜也不断地用手抚摸它的脑袋。人们看到了猞猁温情脉脉、俯首帖耳的样子,才相信人们的传说。

动物成语

鱼龙漫衍

【释义】古代百戏杂耍名。由艺人执持制作的珍异动物模型表演,有幻化的情节。鱼龙即所谓猞猁之兽,曼延亦兽名。后多比喻虚假多变,玩弄权术。漫,通"曼"。

【出处】《汉书·西域传赞》

感动一生的义勇故事

忠诚卫士

印度有位猎人叫卡姆,他常骑上驯养的母象佩蒂,到密林中去打猎。卡姆夫妇干活时,总是把佩蒂拴在树下,在它的跟前划上一个大圆圈。他们把儿子小卡姆放在圆圈里,佩蒂拖着铁链,围着孩子转。

这天,卡姆的妻子到森林里去,好久还没回来。于是卡姆将孩子交给佩蒂,离家去找妻子。佩蒂认真看护着小卡姆,只要他爬出圈子,它就伸出鼻子把他卷回来。每隔一阵子,佩蒂还吸些尘土,轻轻撒到小卡姆身上,为他驱赶苍蝇蚊子。天黑了,卡姆还没回来,小卡姆饿了,哇哇哭了起来。佩蒂急得团团转。

三只饿狼听到孩子的哭声,恶狠狠地扑了上来。佩蒂发现了,警惕地守护着小卡姆。三只狼前后夹攻,佩蒂一边严密防守,一边还得不让小卡姆爬出圈外,脚上的铁链又妨碍它的行动,真吃力呀!

一只狼猛蹿出来,想叼走小卡姆,动作敏捷的佩蒂一脚踏过去,把狼踏成肉饼。另外两只狼一见,吓得掉头逃走了。不久,小卡姆依偎着佩蒂睡着了。半夜佩蒂醒来,发现小卡姆滚出圈外好远。

不好,两只恶狼又来了!佩蒂想扑过去救孩子,可脚上的铁链死死拽住了它。佩蒂用尽力气狠命一拽,大树被拽倒了,树干压死了两只狼,也压在佩蒂身上。佩蒂脚上皮开肉锭,鲜血直流,它无法站起来,但还是挣扎着爬向小卡姆……

第二天早上,卡姆找到妻子回来,一看眼前的景象,不由惊呆了。他们拨开树叶,看到佩蒂身下躺着两只被压扁的恶狼。母亲忙把小卡姆抱起来,搂在怀里。卡姆用力搬开树干,一把抱住大象的鼻子,激动地说:"佩蒂,我的好佩蒂!"

动物成语

虎狼之势

【释义】:形容极凶猛的声势。

【出处】:《淮南子·要略》

感动一生的义勇故事

伊凡和尤里

　　俄罗斯老作家伊凡是位孤独的老人。一天,他捡到一条小狗,把它带回家,并给小狗取名叫尤里。尤里见主人常翻书,它也学会了翻书,但书页都被它撕碎了,伊凡就教尤里为他取书。不久,尤里就能按伊凡的要求,取来各种书。当伊凡生病时,尤里就会衔着伊凡写的字条,去把医生请来家。

　　尤里对任何人都十分友好。看见谁来了,尤里都会伸出前爪,跟客人握握,并热情地舔舔客人的手。因此,谁都喜欢它。

　　一天,伊凡又犯病了。尤里照以前一样,请来了医生。这次,医生决定要伊凡去莫斯科动手术。伊凡只好把小狗尤里托付给邻居大婶看管。

　　伊凡走后,尤里不吃不喝,等着主人回来。这可把邻居大婶急坏了。邻居大婶担心尤里会饿死,就打开门说:"不想吃东西,就出去走走吧!"

　　尤里立即站起来,走出大门。它决定去寻找主人。它沿着主人身上留下的药水味一路寻找过去。

　　它走进一家医院,吓得医生护士们尖声叫喊。有几个人提着棍棒来打它。尤里被赶出医院,只好在大街上游逛。它累了,就趴在地上,闻过路人脚上的气味。好多人认识尤里,知道它在等待着主人。大家同情它,纷纷丢食物给它吃。

一天,尤里来到火车站台,它跳下站台,沿着铁轨,漫无目标地寻找着主人。正在无精打采时,它的前爪突然被夹在刚扳动的道岔里,疼得它汪汪直叫。正在这时,一列火车远远开来。司机看到了正在铁轨上挣扎的尤里,连忙刹车。司机跳下车,救起尤里,让它走了。尤里看着司机,眼睛里充满了感激之情。

尤里一跛一跛地跑回家,它躺在门口,再也爬不起来了。这时,邻居大婶赶来了。尤里万念俱灰,连眼睛也不想抬。邻居大婶说:"尤里,闻吧,这是伊凡寄给你的信!"这时,尤里眼睛放出光芒,将鼻子扎进信封里,尽情闻着主人的气味。它无限怀念伊凡!这样,好多天过去了,尤里枕着主人寄来的信纸,不吃也不喝。

这天,尤里终于听到了主人的脚步声。伊凡回来了,但尤里再也没力气爬起来了。它朝主人无限依恋地看了一眼便断了气。伊凡他们为尤里举行了葬礼。墓碑上写着:"这里埋葬着我们的朋友——小狗尤里。"

85

感动一生的义勇故事

动物成语

惶如丧狗

【释义】形容人失意而精神颓丧。
【出处】《史记·孔子世家》

海龟破浪而来

1974 年的夏天，一艘名叫"夏威夷号"的轮船，在菲律宾马尼拉以南的海面上出了事。全体乘客死于非命，唯有比拉奴巴夫人因随身带有一只救生圈，才活了下来。大风浪将她带到了一处风平浪静的海面，等她从昏迷中清醒过来时，她一面祷告上帝，一面竭力为自己鼓气。就这样，她漂浮了 12 个小时，但其间她竟没遇到一条船或一个人。她又渴又饿，体力越来越衰弱。渐渐地，她已失去了生存的勇气。

正在这时，她看见迎面有什么东西破浪而来，定睛细看，是两只海龟，一大一小。大的那只有八仙桌面大小，小的那只只皮箱那么大。比拉奴巴夫人正揣摩不透它们的意图，大的那只忽然身子一沉，钻到她身下，轻轻一托，已将她托出水面。马上，她的呼吸顺畅了许多。接着，这一大一小两只海龟就轻松地游了起来。老夫人坐在龟身上犹如坐在桌面上一样地平稳。这简直是上帝派来的天使，不由感动得她老泪纵横。

这样又游了一天半，一条军舰路过，一个正在舰上瞭望的水兵惊异地看到了这一幕。他们连忙靠近去救起了比拉奴巴夫人。为了感谢两只海龟的义举，水兵们扔下了两块火腿犒劳它们。两只海龟就毫不客气地衔住了,边吃边绕着军舰游了一周,然后乐悠悠地游走了。

动物成语

龟龙鳞凤

【释义】传统上用来象征高寿、尊贵、吉祥的四种动物。比喻身处高位德盖四海的人。

【出处】《汉书·翟方进传》

感动一生的义勇故事

角斗场上认亲人

感动一生的义勇故事

古罗马经常举行人兽搏斗，人战胜野兽的次数也并不是很多。

有一次，在斗兽场上，人们把饿了几天的狮子放了出来。缩在墙角的囚徒罗支莱斯颤颤地拎着长矛，默默祈祷着，他知道生命马上要走到尽头了，自己快完了。他只奢求狮子能给他留个全尸，不会让自己死得很痛苦。

饿狮一眼就瞅见了墙角的人，仰天长啸一声，迫不及待地猛扑过去。

罗支莱斯眼一闭，把长矛朝前一捅。狮子灵巧地让开了。就在这千钧一发之际，狮子突然停止了进攻，只是围着罗支莱斯打起了转转。它忽然停了下来，缓缓地在罗支莱斯身边卧了下来，温驯地舔着他的手和脚。

全场顿时鸦雀无声，不一会猛地爆发出欢呼声和掌声。皇帝也大为惊讶，忙把罗支莱斯叫了上来。

原来在三年前，罗支莱斯在路边发现了一只受伤的狮子，他没有伤害它反而替它包扎好，照料它直到痊愈。没想到今天在这里遇上了这只狮子。

国王听完后，便赦免了罗支莱斯。

就这样，狮子救了一个奴隶的生命。

动物成语

人中狮子

【释义】像狮子是兽中之王那样。比喻才能出众的人。

【出处】《释氏要览》

感动一生的义勇故事

奇怪的咝咝声

夜深人静,劳累一天的波士顿居民都沉浸在甜蜜的睡梦中。忽然一阵鬼叫似的声音在一个居民家里响起,使人听了毛骨悚然。

主人高曼夫先生被那怪叫声惊醒,终于听清,这声音来自自己家的客厅,就越发感到可怕。

高曼夫想,"客厅里就有一只鹦鹉呀! 它的叫声,我是再熟悉不过的,决不是这种声音! 那么,是什么东西发出的声音呢?"他披了一件衣服起来,蹑手蹑脚地向客厅里走去。

"咳咳——咳咳!"高曼夫听清了,是鹦鹉在叫。他拉亮了电灯,走到鸟笼前,艾略特望着主人,扑棱着翅膀,又"咳咳"地叫了两声,显得十分烦躁不安。显然,它有重要的话要对主人说。

高曼夫检查了一下鸟笼,水够喝的,料也不缺。正准备返身回卧室,艾略特又着急地叫起来,还用翅膀乱扇笼子。

这下,高曼夫警觉起来,莫非艾略特凭它鸟类的特殊本领,感受到什么情况要告诉我? 于是他就满屋检查,终于发现厨房里的煤气正在"咝咝"地往外漏。

高曼夫连忙动手检修。否则,煤气泄漏时间一长,他们一家人肯定会在酣睡中窒息而死。

此刻，艾略特安静地站在那儿，一动也不动，只是眼巴巴地看着主人。它当然不可能知道煤气在泄漏，只是因为嗅到异常的气味而感到难受，才烦躁不安地怪叫起来。

为此，高曼夫一家对它感激不已，视为救命恩人，什么好吃的东西都要买给他吃。

消息不胫而走。波士顿市政府破例授予它"好市民"的称号，州里的一个群众团体也颁发给它一枚"好市民"的金牌。

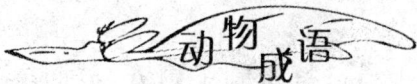

动物成语

鹦鹉学舌

【释义】 鹦鹉学人说话。比喻人家怎么说，他也跟着怎么说。

【出处】 宋·释道原《景德传灯录》

感动一生的义勇故事

救人的鳄鱼

一天,肯尼亚动物商人格尔曼从报上看到一则报道:一条尾巴上有疤痕的鳄鱼救了一个孩子的命。格尔曼可不相信鳄鱼会救人这种事情。可是,真要抓住这条能救人的鳄鱼,把它偷运到那些欧洲国家的动物园,可是能赚好大一笔钱哪!

根据报上提供的线索,格尔曼带着儿子科特来到了姆齐马河岸,准备抓住这条鳄鱼。

中午,格尔曼与儿子正走出一片稀疏的树林,顺河岸来到一片潮湿的草地上。忽然,科特指着不远处的一棵大树说:"瞧,那是什么?"格尔曼抬头一看,果然,30米开外,一条大鳄鱼正躺在树下休息呢!它那巨大的身躯静静地趴伏在哪儿,一动不动,似乎并未察觉他们的到来。

格尔曼喜出望外,他顾不得擦把汗,急忙手持猎枪飞快地向大树奔去。不料,才走出十来步,格尔曼猛地发现脚下不对劲,急忙停脚去看,"啊!"他大吃一惊,原来他脚下的草地经验怪异地向两旁运动,脚踝一下子就陷了下去。他本能地想退后一步,可却使他的前脚陷得更深了。

格尔曼明白了,这里是一块令人不稍注意就陷入其中的沼泽地。格尔曼震惊的同时,赶忙大声呼叫自己儿子的名字,让他来搭救自己。

科特走在父亲的身后,猛见到格尔曼突然陷入沼泽地,一下子吓呆了。直到格尔曼大声唤他,他才醒悟过来,连忙返回树林,去折一支长长的树枝来救他的父亲。

可是,等科特拿着一段折断的长长的树枝回到父亲身边,准备将树枝伸向他的父亲的时候,他再次惊呆了。他见到那条大鳄鱼竟已爬到了格尔曼身边,正张开血盆大口准备去咬格尔曼。身体已陷入腰部的格尔曼此时吓得脸色煞白,但是却无计可施,只能闭上上眼睛恐惧得等着死亡的到来。科特也是心里一阵苦涩,心想:父亲完了。

然而,奇迹出现了。那条大鳄鱼没有咬向格尔曼的脑袋,而是咬住了他的衣襟,然后一声不响地用力往前爬。格尔曼被从泥潭里一点点拔了出来。鳄鱼把他一直拖到林间的空地上,这才松开了嘴。最后,大鳄鱼鼓着圆圆的眼睛,望了一下呆站在一旁的科特,嘴巴推了推吓昏迷的格尔曼,摆了摆尾巴,拖着那褐色的身体,爬回那片沼泽地去了。

这一切把科特看得目瞪口呆,他见到那条大鳄鱼的尾巴上,果然有一条疤痕。

这时,满身泥浆的格尔曼缓缓睁开了眼睛。他晃了一下脑袋,打量一下周围。格尔曼简直不敢相信自己的眼睛,他竟然还活着,可这又是事实。格尔曼从地上慢慢地爬起来,一下子就明白了过来,他内心异常羞愧,对着那远去的救命恩人——鳄鱼,磕了三个响头。

他在心中暗暗发誓:从今以后,不仅不再偷猎或贩卖鳄鱼,而且要尽力自己的全部理想去保护它们。

动物成语

比蚱撼树

【释义】蚂蚁想摇动大树。该成语比喻其力量很小,而妄想动摇强大的事物,不自量力。

【出处】唐·韩愈《调张籍》

感动一生的义勇故事

猎狗赤利

老猎人召盘看中了一条小狗,把它叫做"赤利"。

今天,召盘第一次带上赤利,进大黑山打猎去。进山不久,猛然,走在前面的赤利停住了脚步,准是有野兽了!召盘马上端起了猎枪四处张望。召盘看清了前面有头大野猪,正在啃竹笋呢。"轰"的一声,召盘开枪打去,野猪应声倒下了。召盘正要上前,突然,那头满身是血的野猪站起来,一声狂吼,发疯似的扑了过来。再装火药已来不及了,召盘急得高喊:"赤利,上!"

这时,草丛里突然竖起一条眼镜蛇,血红的舌须眼看就碰到召盘的胳膊。危险!赤利猛蹿上去,张口咬住了眼镜蛇的脖颈。眼镜蛇紧紧缠住赤利,赤利死命咬住眼镜蛇,它们在草丛中扭滚着,撕咬着……

赤利没冲上来咬野猪,召盘心里慌透了,脚下一滑,跌倒在草地上。"呼"地一声,野猪从召盘头上蹿过去,一头撞进大榕树根的缝隙中,被卡住了。召盘吓出一身冷汗,他一骨碌爬起来,装好火药,开枪把野猪打死了。

召盘回到家中,找了根山藤,把赤利拴到树桩上,他要狠狠教训这个见死不救主人的怕死鬼。可召盘哪里知道,他的猎狗赤利为了救主人而与眼镜蛇搏斗的事呢。召盘举起木棍正要打赤利,赤利哀鸣着这时,召盘的小孙女艾苏跑过来,喊道:"别打呀,赤利是我的好朋友!"老猎人更火了,执意要教训赤利。艾苏慌忙掏出小刀割断山藤,大声喊:"赤利,快逃!"赤利用力挣脱山藤,飞身跃过篱笆墙,向大山飞奔。

老猎人又气又伤心,决心从此不再打猎,改行放牛去了。

这天傍晚,山下灌木丛里突然窜出一群豺狗,气势汹汹地向牛群扑过来。召盘和小孙女艾苏来不及拿起枪,就被豺狗包围住了。一老一少怎么敌得过这一群凶猛的豺狗呢?在这危险之际,突然,赤利像闪电似的从山上奔过来,艾苏高兴得直叫:"赤利,快上!"赤利飞身冲进豺狗群,勇猛无比,一连咬死了六条豺狗。赤利的腿受了重伤,它躺在地上,还在和一条豺狗拼死搏斗。

一条小豺狗冲过来,一下子把艾苏扑倒了。艾苏边挣扎边哭喊起来。召盘急坏了,可他也被两条豺狗缠住,怎么也脱不开身来。赤利拖着重伤的后腿,用尽全力扑过来,一下把这条小豺狗咬死了,赤利也昏死了过去。

豺狗全死了。艾苏望着昏迷不醒的赤利,伤心地哭了。召盘蹲下抱住满身是血的赤利,流下了眼泪。他这才知道,赤利是条多好的猎狗呀!

95

感动一生的义勇故事

动物成语

补牢顾犬

【释义】丢失了羊,才修补羊圈;见了野兔,才回头唤狗去追捕。比喻对出现的失误,及时设法补救。

【出处】《战国策·楚策四》

美洲豹巴林

布特的爸爸妈妈都是动物学家。今天,他们一家又来到美洲丛林考察了。这里真是个天然动物园,珍稀动物太多了。忽然,不远处传来两声枪响。他们上前一看,一只出生不久的小美洲豹在嗷嗷叫着,他们决定把它带回家去喂养。布特每天用牛奶喂小美洲豹,给它取名叫巴林。布特和巴林,很快成了好朋友。

三年后,巴林长成一头威武的美洲豹。每天晚上,它都到客厅来,和主人玩一阵子。

假期里,布特一家又出去考察了。这次他们走得更远,来到了一个人迹罕至的幽谷。他们发现一片又一片的罂粟地,看来这里是个秘密毒品基地。爸爸迅速用长焦镜照相机拍下了这里的相片,然后,他们一家赶紧从原路往回走,急匆匆收拾好东西,驾车回到了家中。

这天晚上,妈妈出去了。门铃响后,走进来一个高个子陌生人,这是爸爸分别了十多年的老同学罗杰斯,爸爸很高兴,忙招呼客人坐下,布特热情地为客人煮好咖啡,问过晚安后,就上楼去睡觉了。

罗杰斯突然冷笑一声,说:"实说吧,有个集团要你那些照片,给你10万美元!"爸爸不肯给,罗杰斯突然一拳把爸爸打昏过去,再用绳子把爸爸捆了起来。罗杰斯到处乱翻，找不到他需要的照片。他又来到保险柜旁，可是没有钥匙。罗杰斯就跑到楼上，把睡眼惺忪的小布特拖下楼来。来到客厅，布特全明白了。

布特假装非常害怕，哭喊着："放了爸爸，我给你钥匙！"罗杰斯哈哈大笑："儿子比老子识相！"说完，按了按布特指点的桌上按钮。一阵铃响，客厅旁边一个房间的门自动打开了，罗杰斯惊疑地看着。一头威武雄壮的美洲豹走了出来，不慌不忙地趴到布特身边。布特指指罗杰斯，喊道："巴林，咬死他！"罗杰斯这时才知道上了当，慌忙拔出手枪，对准巴林。说时迟，那时快，巴林怒吼一声，向罗杰斯猛扑过去，把他扑倒在地上。巴林张开血盆大口，咬断了罗杰斯的喉管。这个坏家伙，躺在血泊中不动了。

妈妈回来了，赶紧打电话报警。警察根据爸爸拍的照片，破获了一个贩毒集团。

动物成语

豹死留皮

【释义】豹子死了，皮留在世间。比喻将好名声留传于后世。

【出处】《新五代史》

97

舍己救人的鸟

感动一生的义勇故事

朱鹮的嘴长腿也长,性情很温和,平日只在水里捕捞些小鱼小虾过日子。

这天,一群朱鹮正在河边啄食,猛然其中一只轻轻惊叫一声,众鸟抬头一望,河边的树梢上正停着一头赤腹鹰。这类鹰毛黑腹红,凶猛异常,专门欺负小鸟。如今它停在这里,下一步不言而喻,是想袭击它们。于是,一阵扑棱棱的声音起处,7只朱鹮急速起飞,往河对岸逃窜。赤腹鹰早已将这7只朱鹮看做是自己的口中食,见它们竟敢逃跑,勃然大怒,忙不迭张开翅膀,流星一般向朱鹮追去。鹰飞得快,朱鹮飞得慢,才飞过河就被追上了。赤腹鹰正想追上了——啄倒它们,突然其中一只朱鹮一个转身直扑它而来。它用它那长而稍稍弯曲的嘴连啄它的眼睛。眼睛可是要害,被啄瞎就意味着必死无疑。赤腹鹰不想它有这么大的胆子,吓得连连倒退。随即,赤腹鹰就开始反击。马上,空中羽毛纷飞,两只鸟纠缠在一起。又一分钟,胜负已经分出来。赤腹鹰个大力猛,朱鹮个小,它的嘴又不适宜于打斗,就落了下风。再一分钟,它就只剩下挨打的份儿。只听见朱鹮临死前的哀叫声。不久,"砰"的一声,它已跌落在地。

看见的人都说,这只朱鹮怎么这样,明知不是赤腹鹰的对手,为什么还要与它去拼命,这不是自讨苦吃? 但是再看其余 6 只朱鹮,却因它的阻拦,赢得了时间,这时,已逃得无踪无影。直到这时,他们才领悟过来,原来这只朱鹮是在牺牲自己,以挽救同伴们的生命。

动物成语

虎入羊群

【释义】老虎跑进羊群。比喻强大者冲入柔弱者中间任意砍杀。

【出处】明·罗贯中《三国演义》

感动一生的义勇故事

它宁愿自己挨饿

这是一个真实的故事。

美国有个叫达米的小男孩,父亲和母亲离婚了,小达米跟着父亲过日子。他才1岁,父亲就觉得他碍手碍脚,把他和一只牧羊狗锁在一间窄窄的小屋里,每天用一个纸盒装些食物放在屋中。

看来,小达米只有死路一条了。

奇怪的是,这只牧羊狗甘愿自己吃不饱,也要把一半食物留给小达米。小达米就是靠着牧羊狗省下来的食物维持着生命。

父亲的行为引起邻居的不满,他们到警察局告了他一状,直到警察局把孩子和狗救了出来。那条狗仍然只吃半碟食物,坚持把一半食物留给孩子。在场的警察看见了,个个流下了感动的泪水。

在群众的强烈要求下,达米的父亲以"人不如狗"的罪名被判处三年徒刑,而那只牧羊狗则受到了嘉奖。当局授给他的是一枚挂在脖子上的奖牌。

动物成语

狗彘不如

【释义】彘:猪。形容品行卑劣到连猪狗都不如的程度。同"狗彘不若"。

【出处】清·吴璿《飞龙全传》

鲨鱼补洞

20 世纪 40 年代初的一个中秋节晚上,英国"莱西"号运输船趁着月色正悄悄地航行在马六甲海峡,准备按期赶到香港。

突然,船身猛烈一抖,一声巨响从水下传来。水兵们以为碰上敌人的水雷,慌忙各就各位,准备排险。

原来是船底触礁了,船被撞了一个大洞,海水哗哗地从洞口直往船舱涌进。船身开始倾斜,情况十分危急!

老船长把大家召集到餐厅里,叫大家赶快逃命去。水兵们这才向救生舰跑去。就在这时,一个满脸油渍的水兵从机舱里爬出来,惊喜地喊道:"舱内水位停止上升了,我们有救了!"老船长有点不相信,跟着那个水兵钻进船舱一看,水位果然停止上升了。顿时,船舱里响起了欢呼声。

船终于平安抵达了香港。

当"莱西"号运输舰被拖进船坞时,水兵们才发现一条巨大的鲨鱼塞在船底破洞内,把洞口堵得严严实实。血染红了鲨鱼整个躯体。大家什么都明白了,小心翼翼地取下鲨鱼。望着躺在地上奄奄一息的鲨鱼,老船长下了口令:"立正! 敬礼!"几十只有力的大手举了起来,久久没有放下。

鲨鱼为什么钻进洞里？是想进去看看有没有食物？还是对遇难的水兵起了怜悯之心？只有鲨鱼自己才知道。

动物成语

池鱼笼鸟

【释义】池里的鱼，笼里的鸟。比喻受束缚而失去自由的人。

【出处】晋·潘岳《秋兴赋》

感动一生的义勇故事

狗熊米沙

在俄罗斯乌拉尔山区，一个名叫亚科夫的人正在赶车回家。路上他发现了一只可爱的小熊，于是就把它抱上车带回了家里。亚科夫的儿子格里舒克见到这只小熊，非常高兴，给它起个名字叫米沙。

一天，小熊米沙走出门儿，到村子里溜逛。一头小牛走过来，对着米沙"哞哞"直叫。米沙非常生气，打了小牛一巴掌，小牛痛得在地上又滚又叫。母牛听到了小牛的叫声，就狂奔过来。米沙吓得赶紧爬上树，狂怒的母牛把树干撞得直晃。米沙吓得叫了起来。正在这时，格里舒克过来轰走了母牛，把米沙从树上抱下来。从此，米沙见了牛就害怕。

春天来到了。格里舒克和村里的小伙伴们来到河边，跳上河里的大冰块玩儿。只听"咔嚓"一声，格里舒克掉进了裂开的冰缝里。小伙伴们都吓坏了。格里舒克在水中拼命挣扎，死劲地喊道："米沙！米沙！"小熊米沙听到了喊声，使劲地奔过来，"扑通"一声跳下水，把格里舒克救上了岸。

一天，马戏团来到了村里。马戏团的老板见到米沙又强壮又机灵，就掏出一大把钞票给亚科夫把米沙买下。

老板雇来8个壮汉，想用绳子绑着米沙，把它拖进铁笼。可是米沙死活不肯，它一声怒吼，猛拉绳子，8个壮汉全摔倒了，老板也吓坏

感动一生的义勇故事

了。格里舒克和全村的人都不让米沙走,亚科夫只好把钱还给马戏团老板,将米沙留了下来。

冬天来到了。乡亲们都到森林里去干活。格里舒克带着米沙回村去取面包。一路上风雪交加,地上太滑了!格里舒克脚下一滑重重摔了一跤,把腿摔断了。风雪越来越大,格里舒克想,这样下去会被冻死的,于是他让米沙背着回去。米沙顶着风冒着雪,背着格里舒克,艰难地行进着,直到深夜,才回到村里。

过节那天,乡亲们带着米沙,在村子里唱歌跳舞,大家真高兴极了。这时,有头大黑牛,偷酒喝,喝得醉醺醺的,东倒西歪,直往人群里冲来,人们惊吓得四散逃去。一个小女孩跌倒在路当中,她惊慌地喊着:"米沙! 米沙!"米沙听到了喊叫声,忘记了害怕,冲上来拦住发疯的大黑牛,他的胸脯被戳了个大窟窿。米沙胸前鲜血直流,它忍住疼痛,用尽力气,把大黑牛打倒在地上。

那个被救的小女孩、格里舒格和乡亲哭喊起来,他们大叫着米沙的名字。可是米沙倒在地上,再也不能动弹了……

动物成语

虎背熊腰

【释义】形容人身体魁梧健壮。

【出处】元·无名氏《飞刀对箭》

乌龟探亲

1980 年 9 月的一天,湖北省监利县尺八镇王墩村徐先平在河里摸鱼,竟捉到一只大乌龟。他把乌龟捧回家中,用小刀在龟甲上刻上自己的姓名和年、月、日,又在龟板边上穿四只铜环,把龟送入离家七八十里远的洞庭湖里。

不料,1981 年农历 4 月 28 日傍晚,这只乌龟风尘仆仆地回来了。喂养数天后,徐先平再次把它送回洞庭湖。乌龟下水时,徐先平放河灯以示送行。

1982 年端午节,乌龟又回来了。当"探亲假"结束时,乌龟趴在沙滩上眼睛直勾勾地望着主人,如泣如诉,真是难舍难分。徐先平看着都有点不舍了。

有一次,乌龟回家时钻错了门,爬进邻居床底下,邻居将龟送给了徐先平。

第三天,乌龟在屋外游玩,一个外乡人路过的时候顺手将乌龟捉去了。徐先平想出高价赎回,却不知那人姓甚名谁,只是心里暗暗难过。

第二年端午节,乌龟竟令人奇怪地又回来了。

这只乌龟竟是8次"回家探亲"了。

动物成语

龟鹤遐寿

【释义】遐：长久。祝人长寿的颂辞。

【出处】《抱朴子·对俗》

花猫回故里

杭州城里有位老教授家养了一只黄白相间的花猫。这花猫是他在三年前从山西太原调往杭州时带来的。他把它装在一只纸箱里,一路汽车、火车几经转换,这只装猫的纸箱也像普通行李一样被遮盖得严严实实,由老教授带到了新的工作单位。

花猫原是主人宠物,教授夫人自己不能随同调来浙江,所以就让花猫千里远行陪伴丈夫。谁知事与愿违,花猫来到新地以后,明显地表现出烦躁,水土不服。勉强与老教授待了几天以后,突然失踪了。老教授写信告诉女主人,两人都表示十分惋惜和遗憾。

半年后的一天,远在太原的教授夫人在风雨之夜,忽然听到了轻轻的敲门声。她打开房门一看,竟是丈夫去年底带到浙江后又失踪了的花猫回来了。经推算,这只猫总共花费了 4 个月又 17 天的时间,历经了从浙江到山西 2000 余公里路程,中间跨越了长江和黄河,终于翻山越岭地回到了故里。

完全可以设想到猫在旅途中的困难和艰险。它也许遭到过人们的追捕,它也许错走过许多弯路,它也许曾饿得前胸贴到后脊梁,它也许曾跌进寒冬的冰河几乎丧了性命……假如把它的经历拍成电影,那将是十分感人的。

动物成语

猫鼠同眠

【释义】猫同老鼠睡在一起。比喻官吏失职，包庇下属干坏事。也比喻上下狼狈为奸。

【出处】《新唐书·五行志》

它害了主人

　　智利有位 77 岁的老人,名叫阿艾多。他脾气古怪,与家里人不住在一起,身边只养一条虎彪彪的大狗,取名杰克。

　　老人与杰克的关系非同一般。他们不但同吃同睡同散步,还能交谈。老人为了表示与杰克的平等友好,特地做了一只矮桌,每每吃饭时,他就盘腿坐在地毯上,杰克则坐在他对面。他们同吃一样的食物,只是杰克的胃口奇大,所以它的食物是主人的三倍,吃完了还外加一大块牛排。夜间睡觉,杰克就睡在老人的床下。不过杰克不甘寂寞,往往睡到半夜里就爬上床去,钻进老人的被窝。当然,老人也常常要为自己的宠儿服务:为它洗澡、梳毛。老人还时不时地与它谈话,嘴里唠唠叨叨的,也不知道杰克能不能听懂。

　　有一天晚饭后,老人又与杰克一起出发散步去了。杰克很喜欢散步,它早高高兴兴地衔了老人的手杖,一纵跃出屋外等着。老人呵呵笑着,慢条斯理地走出来,锁上门,然后从杰克嘴里接过手杖,"笃笃"叩着地面,出发了。

　　谁又知道,天有不测风云,才走到圣地亚哥大街的拐角处,老人的气喘病骤然发作。他先是咳嗽不绝,气喘吁吁,他的脸被憋得痛红,双手痛苦地抓住喉咙，慢慢儿俯下身去。杰克大概也知道主人的痛苦，可是它爱莫能助，只能"汪汪"吠叫着，绕着主人团团转。终于，"砰"的一声，老人滚倒在地。

路人看见了，围了上来。他们已看出老人危在旦夕，如果不马上送医院，不出 5 分钟，他会送命的。他们拦住了一辆车想抬老人进车。可是杰克错误地以为人们要伤害它的主人。它龇牙咧嘴，露出两排利牙，猛扑上去，吓得人们惊叫着拔脚就逃。就这样，上一个人去，它赶走一个，死死守着主人。等到人们捉走了杰克，再去救老人，老人早死了。

感动一生的义勇故事

缘木求鱼

【释义】缘木：爬树。爬到树上去找鱼。比喻方向或办法不对头，不可能达到目的。

【出处】《孟子·梁惠王上》

海豹探亲

苏格兰的一个小海岛上有几户渔民，还有一家旅馆，这是给旅游的客人住的。但上海岛来游览有一定的季节，一年中有好长一段时间没有旅客。

这天，旅馆的女主人摩根在海边散步，听见远处有"啪啪"的击打声。她吃了一惊，走过去一看，啊，黑油油、亮光光的是什么呀？她加紧几步，走过去一看，原来是一匹小海豹，不知怎么卷进了一张渔网里，由于它的挣扎、翻腾，被越裹越紧。看得出来，它已折腾了很长一段时间了。她连忙取来一把剪刀铰开了网，帮助它摆脱这些羁绊。这只小海豹还不太大，只有一条狗的大小，但是身子很沉。这时，它已遍体鳞伤，血迹斑斑，几乎是奄奄一息了。摩根将它拖回家里，为它敷药、包扎，还特地为它烧好一大盆肉糜和面包糊，一口一口地喂它。摩根还特地在浴盆里装了一盆海水，供它嬉水。这样养了6个星期，居然恢复了健康。摩根又将它放到海里去了。

一年后的一天，摩根正起床，忽然听见门口台阶上有"嘭嘭"的声音。她惊讶地打开门，啊，原来是小海豹回来了。这时的海豹已长大了许多，它一见到她，就高兴得"呜呜"乱叫，用前爪拍打石阶。摩根大

感动一生的义勇故事

喜过望,哈哈大笑,拥抱了它,并拉着它,请它进屋,特地弄来不少美味的鱼虾送给这个老朋友吃。过后,再送它回大海去。

自此,它每隔一段时间就会来探望摩根。这件事一传十,十传百,许多旅游者信不过,要亲眼看一看,就特地住到这家旅馆里来等待,这使摩根的生意好了许多。也许,这就是好心有好报。

动物成语

门可罗雀

【释义】大门前可以张起网来捕麻雀。形容十分冷落,宾客稀少。

【出处】《史记·汲郑列传》